U0024492

風雲時代 風雲時代 風雲時代 風雲時代 風雲時代 風雲時代 風雲時代
雲時代 風雲時代 風雲時代 風雲時代 風雲時代 風雲時代 風雲時代 風
風雲時代 風雲時代 風雲時代 風雲時代 風雲時代 風雲時代 風雲時代
雲時代 風雲時代 風雲時代 風雲時代 風雲時代 風雲時代 風雲時代 風
風雲時代 風雲時代 風雲時代 風雲時代 風雲時代 風雲時代 風雲時代
雲時代 風雲時代 風雲時代 風雲時代 風雲時代 風雲時代 風雲時代 風
風雲時代 風雲時代 風雲時代 風雲時代 風雲時代 風雲時代 風雲時代
雲時代 風雲時代 風雲時代 風雲時代 風雲時代 風雲時代 風雲時代 風
風雲時代 風雲時代 風雲時代 風雲時代 風雲時代 風雲時代 風雲時代
雲時代 風雲時代 風雲時代 風雲時代 風雲時代 風雲時代 風雲時代 風
風雲時代 風雲時代 風雲時代 風雲時代 風雲時代 風雲時代 風雲時代
雲時代 風雲時代 風雲時代 風雲時代 風雲時代 風雲時代 風雲時代 風
風雲時代 風雲時代 風雲時代 風雲時代 風雲時代 風雲時代 風雲時代
雲時代 風雲時代 風雲時代 風雲時代 風雲時代 風雲時代 風雲時代 風
風雲時代 風雲時代 風雲時代 風雲時代 風雲時代 風雲時代 風雲時代
雲時代 風雲時代 風雲時代 風雲時代 風雲時代 風雲時代 風雲時代 風
風雲時代 風雲時代 風雲時代 風雲時代 風雲時代 風雲時代 風雲時代
雲時代 風雲時代 風雲時代 風雲時代 風雲時代 風雲時代 風雲時代 風
風雲時代 風雲時代 風雲時代 風雲時代 風雲時代 風雲時代 風雲時代
雲時代 風雲時代 風雲時代 風雲時代 風雲時代 風雲時代 風雲時代 風
風雲時代 風雲時代 風雲時代 風雲時代 風雲時代 風雲時代 風雲時代
雲時代 風雲時代 風雲時代 風雲時代 風雲時代 風雲時代 風雲時代 風
風雲時代 風雲時代 風雲時代 風雲時代 風雲時代 風雲時代 風雲時代
雲時代 風雲時代 風雲時代 風雲時代 風雲時代 風雲時代 風雲時代 風
風雲時代 風雲時代 風雲時代 風雲時代 風雲時代 風雲時代 風雲時代
雲時代 風雲時代 風雲時代 風雲時代 風雲時代 風雲時代 風雲時代 風
風雲時代 風雲時代 風雲時代 風雲時代 風雲時代 風雲時代 風雲時代
雲時代 風雲時代 風雲時代 風雲時代 風雲時代 風雲時代 風雲時代 風
風雲時代 風雲時代 風雲時代 風雲時代 風雲時代 風雲時代 風雲時代
雲時代 風雲時代 風雲時代 風雲時代 風雲時代 風雲時代 風雲時代 風
風雲時代 風雲時代 風雲時代 風雲時代 風雲時代 風雲時代 風雲時代
雲時代 風雲時代 風雲時代 風雲時代 風雲時代 風雲時代 風雲時代 風
風雲時代 風雲時代 風雲時代 風雲時代 風雲時代 風雲時代 風雲時代
雲時代 風雲時代 風雲時代 風雲時代 風雲時代 風雲時代 風雲時代 風
風雲時代 風雲時代 風雲時代 風雲時代 風雲時代 風雲時代 風雲時代
雲時代 風雲時代 風雲時代 風雲時代 風雲時代 風雲時代 風雲時代 風
風雲時代 風雲時代 風雲時代 風雲時代 風雲時代 風雲時代 風雲時代
雲時代 風雲時代 風雲時代 風雲時代 風雲時代 風雲時代 風雲時代 風
風雲時代 風雲時代 風雲時代 風雲時代 風雲時代 風雲時代 風雲時代
雲時代 風雲時代 風雲時代 風雲時代 風雲時代 風雲時代 風雲時代 風
風雲時代 風雲時代 風雲時代 風雲時代 風雲時代 風雲時代 風雲時代
雲時代 風雲時代 風雲時代 風雲時代 風雲時代 風雲時代 風雲時代 風
風雲時代 風雲時代 風雲時代 風雲時代 風雲時代 風雲時代 風雲時代

這一代的武林

〖陸 今世高手〗

張小花——著

【目錄 Contents】

·第一章·

父子對決

王小軍露出一個空檔，王靜湖手起掌落，眼看就要拿住王小軍胸口，他忽覺手掌像是按在了一個會滾動的、無形的圓球上，王靜湖掌力一吐，那層隔膜隨之反彈，王靜湖不由自主地退了半步，駭然道：「你這是什麼功夫？」

晚飯前，他似懂非懂地翻到了最後幾頁，然後一拍大腿，原來，他終於找到了兩派內功心法的銜接處——張庭雷版的秘笈最後，內力從丹田出來以後再無箭頭方向標注，而是呈現一片汪洋的姿態漫布全身，其原理相當於讓內力逆流。

王小軍心中一陣振奮，往前翻了一頁——這一頁上的內容，將成為替換丟失的修煉方法的關鍵一步！

根據這一頁的圖譜，王小軍發現內力已經衝破了所有經脈末梢，也就是說，這一頁對他的幫助不大，他現在所要做的，就是要知其所以然而不是知其然，於是他再往前翻一頁，結果愈發鬱悶，這頁上的經脈一如前面——張庭雷給他的秘笈裡竟似也少了很關鍵的一部分。

不過就在這時，王小軍很細心地發現了圖上「府舍穴」上被人用紅筆畫了一個圈，整個本子裡只此一個紅圈，他定睛再看，除此之外，內力運行並無奇特的地方，當下潛運內力在全身遊走了一遍，起初經過府舍穴的時候並沒有在意，但往復幾次，王小軍就發現這個極其靠近丹田的地方在有內力經過時有種滯澀感，如果不是張庭雷的圖上標出，他可能永遠不會注意。

就在這時，唐思思招呼大夥吃飯，王小軍行屍走肉一樣走到桌前坐下，隨手把本子也擱在了桌上，霹靂姐伸手去拿道：「師叔看什麼呢這麼入神？」

王小軍這才回過神來，他打開霹靂姐的手道：「走開！小妖精。」

霹靂姐馬上對陳覓覓告狀：「師叔母，師叔調戲我！」

王小軍翻了個白眼道：「我說我看的書名叫《走開，小妖精》，你們小孩別瞎看。」

陳覓覓掃了一眼王小軍手邊的本子，又看看王靜湖，似乎在怪王小軍太不小心了。

其實王小軍也是暗暗心驚，他這半天專心鑽研本子上的秘笈，別說不眠不休，竟然連霹靂姐和王靜湖等人什麼時候出現的也不知道，他這會要是有太過明顯的舉動，勢必會引起王靜湖的注意，只有表面假作鎮定。

唐思思端上一盤糖醋鯉魚道：「這是王叔叔親自釣的，大家嘗嘗。」

王小軍詫異道：「爸，你不會真喜歡上釣魚了吧？」

王靜湖道：「以前沒釣過，後來發現真的挺適合我的——」

王靜湖忽然盯著王小軍道：「你說這話是什麼意思？」

他情商不高，可智商絕沒問題，很快發現王小軍話裡有話：「你不會真

喜歡上釣魚」——那就說明兒子察覺了自己約他釣魚有別的目的。

王小軍也自覺失語，沒話找話道：「我說什麼了？」

陳靜夾了一筷子魚塞進嘴裡道：「嗯，鮮、香！魚好，思思姐的手藝也好。」

經過這麼一打岔，父子倆才各自吃飯，王小軍伸出筷子去夾魚，結果和王靜湖的筷子碰了個正著，兩人都有些尷尬，王小軍隨意道：「爸，內力經過府舍穴總有滯澀感該怎麼辦？」

王靜湖不假思索順口道：「繞過去，一般內力有深厚根基的人才會出現這個問——」

王靜湖說到這戛然而止，他震驚地看著王小軍，慢慢放下了筷子，王小軍嘿然無語，繼續吃飯。

霹靂姐好奇道：「大叔，你怎麼不吃了？」

「我吃飽了。」王靜湖緩緩站起，離開飯桌前回頭看著王小軍，似乎是欲言又止，終於還是走了出去。

霹靂姐越發納悶道：「大叔怎麼了，你們誰惹他了？」

胡泰來喝斥道：「吃你的飯！」

陳覓覓憂慮地看了王小軍一眼，低聲道：「誰讓你問你爸這種問題的，這不是不打自招嗎？」

王小軍攤手道：「不然問誰？」

這頓飯他吃得心不在焉，那個問題如鯁在喉，所以不自覺地問了出來，而王靜湖在無意識的情況下竟然給出了答案，隨即馬上驚覺，但為時已晚。

王小軍糾纏已久的問題終於得到了解答，兀自喃喃道：「居然是繞過去，自家的船出自己的港口，為什麼要繞過去呢？」

王小軍後來明白了，張庭雷在府舍穴上畫了個圓，意思就是讓內力繞過它，嚴格來講，那並不是一個圈，而是一圈圓形的線……

夜深的時候，王小軍既沒回屋，也沒有繼續看張庭雷的秘笈，他坐在臺階上，以內力衝出丹田，然後刻意不走府舍穴，而是繞開它從四下遊走。

這裡有一個難處，就是府舍穴是一個大穴，以往過此不經意的話也沒感到異常，此時捨棄它不用而從經脈過氣，就像放著大港口不走，讓龐大的船隊從小溪裡航行一樣，好在通過前段日子的修煉，王小軍已經基本掌握了經脈運行的方法，雖然進展極其緩慢，但是內力蜿蜿蜒蜒，勉強能繞過去。

陳覓覓等人見他專心練功，誰也不來打擾他。

也不知過了多久，王小軍霍然起身，兩眼發亮，原來經過很長一段時間的嘗試，他的內力終於全部繞開了府舍穴運送到了全身，這時他放鬆意識，任憑內力自己千頭萬緒地奔走，這一次在回歸丹田之前，府舍穴反而充當了關卡的作用，減緩了它們的速度，充沛的內力在全身各個經脈和穴道鼓蕩，後隊等不及前隊，便自行亂竄；也就是說，王小軍終於從形式上達到了讓內力逆流的效果！

王小軍這時腦中一片空明，爺爺留下的第八張碟片上的內容不自覺地閃現出來，那些箭頭和注解清晰無比，甚至比看著螢幕還要明朗，王小軍調動下身環跳、風市、臨泣三個大穴上的內力對流，整個人毫無來由地一個踉蹌衝了出去。

他盡力保持住平衡，心裡大喜若狂——他膝蓋未動，人已經變換了位置，說明他已經初步掌握了輕功的要素，雖然只是一出溜，但畢竟讓這台機器發動起來了！

王小軍樂此不疲地催動內力，只見他在院子裡東一趔趄西一踉蹌，有時候能平移出去三四步的距離，有時候只有一兩步遠，原來鐵掌幫的輕功不靠關節運動和肌肉配合，而是以內力為燃料，直前直後地橫衝直撞，難怪王東來能保持全身不動躍上高空，秘訣就在這裡了。

王小軍越玩越開心，越練越熟練，在院子裡像沒頭蒼蠅似地亂撞，更像是台閘線失靈的摩托車在不停爆衝……

開始，王小軍全身僵立不動地來回移動，後來慢慢配合膝關節調整方向和力道，頓時由以前的只能移個兩三米瞬間提升到能彈出去四五米，王小軍幾乎要忍不住大笑起來，腳下一個沒掌握住分寸直接撞在了牆上，他揉著鼻子，絲毫不以為意。

就在這時，王小軍就覺花壇邊上的暗處似乎有人，那人屏著呼吸，但是身上的熱氣還是暴露了他的位置，王小軍已經今非昔比，瞬間就察覺到了。

「誰在那兒？」王小軍低聲喝問。

王靜湖走出來道：「小軍，你跟我來。」

「去哪兒？」王小軍有些意外地問，但是王靜湖並不多說，他在頭前領路，直接到了外院自己的房門前道：「進來，咱倆聊一聊。」

「過來坐。」王靜湖只開了一盞檯燈，示意王小軍靠近。

王小軍嘿然道：「您有什麼話就說吧。」

縱然對方是自己的父親，他心裡也有些毛毛的，現在是凌晨，王靜湖不睡覺在暗處偷窺自己，回想他以前各種奇怪的表現，任誰也得發慌。

王靜湖見王小軍有所戒備的樣子，直接道：「小軍，你練功已經走火入魔，接下來我要廢掉你的武功，你不要怪我！」

王小軍愕然道：「誰告訴你的？」

他一邊說著話，一邊拉開門就要往外走，王靜湖本來坐在靠裡面的椅子上，見狀一掌拍出，身形欻乎而動，王小軍只覺門上傳來一股似剛而柔的力量，這扇門竟然被王靜湖隔著七八步遠用掌力合上了！

接著父親已經欺至他面前，右掌直奔他胸口，而且力道凌厲至極，王小軍驚駭道：「爸，我可是你兒子！」

「正因為這個我才要救你！」王靜湖絲毫沒有停手的意思。

王小軍不敢硬接，右手斜著架開他的手掌，左掌藏在腹下蓄勢待發，這時屋裡光線昏暗，王小軍這一招攻守兼備，乃是鐵掌三十式裡很巧妙的功夫。

王靜湖見兒子應對得當，不禁暗暗稱奇，他在武當山下和王小軍交過手，那時他的掌法還尚顯稚嫩，這時的表現卻已經儼然是一流好手了！

「你不要反抗，我保證不會有太多痛苦，不然我一個掌握不好，反而會傷著你！」

王小軍疲於應付，心裡又氣又急，兩人在門邊瞬間過了十多招，這十招一過，王小軍恍然道：「你就是『豬八戒』？」

王靜湖沉聲道：「我都是為了你！」說著加緊進攻。

王小軍一來膽怯，二來對方畢竟是自己父親，一味防守，瞬間險象環生，他下意識地就要喊陳覓覓和胡泰來幫忙，王靜湖看出他的意圖，沉聲道：「想連累你的朋友也由你！」

王小軍一想也對，老胡和陳覓覓來了也於事無補，武當山下已經有前車之鑒，當下把心一橫，右掌反擊過來。

王靜湖冷笑道：「居然敢還手！」

王小軍道：「今天又不下雨，老子打兒子也得給個說法！」

他惱父親打傷自己的朋友，再則知道就算拼命也傷不了他，於是一掌掌一式式排山倒海般襲來。

這時他生怕驚動了後院的人，反而全用柔勁，王靜湖一輩子浸淫在鐵掌上，王小軍無論招式如何巧妙，終究是碰不著他半分，但他聽王小軍掌力回

勁悠遠綿長，推斷出他內功到了相當火候，臉上又添了一層憂色。

兩人在屋裡無聲對戰，鐵掌以霸道剛猛著稱，這二人鬥了三十多回合，別說沒出一聲，就連毛巾、被角都沒被拂動一下，王靜湖深悔自己沒有早動手，竟給王小軍不知用什麼方法練成了高深內功，這會再廢他武功，勢必會比之前動手帶給他的傷害更大，但是事到如今，也只能一條道走到黑了，好在王小軍的掌法、用的內功都是鐵掌幫的，他對這些爛熟於胸，普天之下想用這門功夫傷他的只怕已經絕跡了。

在武當山下，他估算出王小軍能扛住他二十招，現在無非是多加一倍而已，王小軍再怎麼練終究是時日尚淺，以前是兔子搏獅，現在充其量是小獅子對上了老獅子，可以說仍沒有任何勝算，所以王靜湖不急，他在等王小軍黔驢技窮！

果然，王小軍一個收招露出一個空檔，王靜湖手起掌落，眼看就要拿住王小軍胸口，他忽覺手掌像是按在了一個會滾動的、無形的圓球上，王靜湖掌力一吐，那層隔膜隨之反彈，王靜湖不由自主地退了半步，駭然道：「你這是什麼功夫？」

王小軍道：「武林裡不光咱家有絕活，你兒子人緣好，這次出去著實學了幾手——爸你再看看這個！」

王小軍猱身而上，施展出了陳覓覓教他的揉手，王靜湖見多識廣，一看架勢就知道是太極功夫，他心裡冷笑，剛才那招游龍勁從未在江湖中出現過也就罷了，可太極拳誰不認識，要說是武當掌門淨禪子親自來，王靜湖或許還會有所重視，但自己的兒子自己最瞭解，他離開鐵掌幫滿打滿算一個多月，就算一天廿四小時都在練功，又能練到什麼程度？

王靜湖雙掌橫推，刻意要以看似粗莽的鐵掌來破王小軍的以柔克剛，不料王小軍架子是揉手的架子，王靜湖身到半途他已經一擰身躲到了王靜湖旁側，接著雙掌分襲王靜湖的面門和小腹。

「你這又是什麼招式？」王靜湖被兒子晃點了一下，不禁有些惱怒。

其實這不是什麼招，這是王小軍在峨眉山上看韓敏和門人練習時無意中學的。王小軍以往和人動手，鐵掌一出無往不利，今天卻處處縛手縛腳，他馬上就明白了癥結所在——不能在父親面前班門弄斧，這也就意味著他不能靠鐵掌取勝，於是臨時「發明」出了這許多怪招，為的就是讓王靜湖眼花繚亂。

可是他犯了一個很致命的錯誤：以最專精的鐵掌尚只能勉強自保，這些

新創出的招式看似花樣百出，其實在王靜湖這樣的高手眼裡不值一提，王小軍雙臂展開不能合理回撤，兩臂之間頓時全成了空門，王靜湖一掌擊出，掌面幾乎已經觸摸到了王小軍肩膀上的衣服，這一招無論如何王小軍是再也躲不開了。

王靜湖心裡一陣輕鬆，同時伴隨著一陣酸楚，若不是迫不得已，憑王小軍現在的修為，說不定他以後真能名揚天下，可是長痛不如短痛，王靜湖問心無愧，想著王小軍內力已有根基，不自覺地在手掌上又加了一成力。

他這一掌，旨在以剛猛的掌力震斷王小軍肩膀上經脈，以後兒子會成為一個肩不能扛，手不能提的半殘廢，但作為普通人不會過多影響他的生活品質，總好過走火入魔有苦說不出，甚至英年早逝……

王小軍只覺肩膀上熱力激體，此刻游龍勁也萬萬來不及了，他萬念俱灰之下，冷不丁使出在院子裡剛學會的輕功，就見他整個人斜貼著王靜湖的手掌嗖地掠開，臉色煞白地靠在牆上，心有餘悸道：「爸……你來真的？」

王靜湖一掌拍空，茫然地看著王小軍，似乎瞬間蒼老了很多，下一秒，咬牙道：「我今天一定要廢了你的武功！」

他這麼說是因為他知道，今天或許是他唯一的機會，再過一段時間……

不，也許就在明天，王小軍就會像年輕的雄獅那樣崛起，而自己這頭老獅子只能看著他過完絢麗而短暫的一生，他絕不允許這樣的事發生，因為那是他兒子，他只希望他活著！

王靜湖再次出手沒有絲毫的保留，王小軍全神貫注，在身前放出數條游龍勁，二人手掌似撞非撞，王靜湖終於被游龍勁彈得退了一步，喀嚓一聲踩碎一塊地磚，王小軍也一路踉蹌，靠在了牆邊的鏡子上，那鏡子一時竟然不破，而是迸裂出無數的白色裂紋。

父子二人瞬間都拿出了看家的本事，王靜湖以純剛掌力正面進攻，竟被兒子毫無取巧地接住，他心中震撼難以描述，在整個武林裡，能接住他如此凌厲一掌而依舊泰然自若的人，恐怕一個巴掌也數得過來了。

當然，他並不知道王小軍所用游龍勁其實和太極拳有異曲同工之妙，游龍道人晚年寂寞，這套游龍勁涵蓋了他畢生對武學的認識，但這項絕學沒傳世就已絕跡江湖，所以不怪王靜湖不識。而且王小軍也絕非泰然自若——這是他學會游龍勁以來第一次被人從正面打得崩潰，要不是身後有面牆替他化解了大部分力道，恐怕他這時已然受傷。

說到底游龍勁雖妙，可畢竟還是有局限的，王小軍用它對付淨塵子、周沖和這樣比自己高出一兩個層次的對手還勉強，王靜湖比他們又高出一個級別，這就像三四歲的孩子抱著水球能頂住五六歲大孩子的拳頭，可換了一個成年人奮起一擊，這孩子勢必會連人帶水球被打倒在地。

王小軍心裡著慌，連連擺手道：「爸，你別激動，我知道咱家功夫有反噬，可未必是一成不變的，再說，就算這病六七十才發作，我還有幾十年的時間可以折騰，你等我收拾了余巴川再說——」

王靜湖搖頭道：「你強練鐵掌，又與別人不同，半年之內勢必會全面爆發，到時再想救你就晚了！」

王小軍還想再說什麼，王靜湖又已撲上，王小軍全力施展游龍勁，一邊利用剛掌握的輕功在屋子裡來回亂竄，他苦惱道：「殺人不過頭點地，我都叫你爸了，你還追著不放，武林裡哪有這樣的道理？」

王小軍雖然說著笑話，但壓力越來越大，王靜湖決心速戰速決，下手毫不留情，對兒子儼然是寒冬般的殘酷，王小軍所唯一能依賴的只有游龍勁，他一邊利用桌椅板凳來躲避王靜湖，一邊不停放出游龍氣，王靜湖每有掌到，他就隨取隨用，兩個人始終保持著一定距離，往往是王靜湖一接近王小軍就被氣龍阻礙，王小軍則不停地就近找東西來消解來自對面的力道，不一時，家裡的桌子椅子衣架全被他靠得稀碎，但終究制止不了王靜湖越逼越近。

王小軍心下一片冰涼，他自出江湖以來屢克強敵，從沒有像今天這樣是一眼看不到邊的絕望，而且敵人偏偏是自己的父親。他清楚地意識到，再這樣下去，最多再有三十招，自己就會像被困在籠子裡的老鼠一樣被抓住，現在唯一的辦法就是讓自己的身分轉變——既然已經被困在籠子裡，逃跑是沒有出路的，只能讓自己變成比貓更強大的動物，哪怕變成貓也好啊。

王小軍一個箭步竄到床上，活動著手腳，目光灼灼道：「爸，你再胡攪蠻纏，我可對你不客氣了！」

王靜湖索性不理他，一掌打在床沿，那張實木床瞬間垮塌下來，王小軍居高臨下大聲道：「看掌！」他飛撲而下，右掌直擊王靜湖頭頂。

這一掌大開大闔，離王靜湖頭頂尚有一尺的距離，力道看似已盡，王靜湖冷笑一聲，微微側身同樣以手掌去接，就在這時，王小軍的右掌又暴漲了一寸，兩人雙掌相對，「轟隆」一聲，王靜湖像根木樁一樣被插進地裡約有兩三釐米深……

這一掌，乃是至純至正的鐵掌，所唯一不同的是，王小軍這掌借了居高臨下的地利，以及——王東來第三張磁碟裡的技巧！

原來，王小軍已經明顯感覺到了，繼續靠游龍勁禦敵，失手只是時間遲早的問題，第三張磁碟上的掌法他還沒練熟，這段時間又畏首畏尾不敢施展，到了危機關頭也只有孤注一擲，根據磁碟上的內容，這套掌法雖然只是較以前略有伸展，但已經氣象大不同。

王靜湖詫異地看著陷在地裡的雙腳，王小軍只覺胸口一陣奔騰難受，但他趁著這千鈞一髮的工夫已經掠向門邊，王靜湖伸手一拍，一道弧形掌力擋在王小軍身前，似乎要把他攔回去，王小軍硬著頭皮揮掌抗衡，喉頭發甜之後終於還是衝到了門口。

就在這時，陳覓覓的聲音在門外緊張道：「小軍，你在裡面嗎？」

「別進來！」王小軍喝了一聲，終究還是沒能成功，耳聽身後王靜湖掌力又欺到，王小軍把心一橫，回身、揮掌。這一次兩掌相對，卻岑寂無聲，王小軍看似要和王靜湖硬碰，實則用纏絲手的纏勁和揉手的捋字訣把對方的攻勢給化解開來。

這時胡泰來和唐思思也跑進前院，陳覓覓伸手就要推門，王小軍唯恐他們進來再受牽連，把後背靠在門上，左掌從下而上地去托王靜湖的肋下，接著二人以快打快瞬間就過了十幾招。王靜湖面色嚴峻，掌力越來越沉，王小軍破釜沉舟，用這些天新練的掌法和他穿插應對，屋子裡的傢俱碎裂之聲不絕於耳。

陳覓覓聽見屋裡動靜駭人，使勁推了推門，惶急道：「小軍，你說話呀！」這時王靜湖一掌在門上開了個五指形的大洞，陳覓覓得以看到屋裡的情形，越發驚恐道：「你們別打了！」她有心強行撞開房門，又怕傷及王小軍，不禁連著退了數步。

這時王小軍已經到了崩潰的臨界點，和王靜湖展開對攻絕對不是個好主意，卻是目前唯一的辦法。所謂飲鴆止渴垂死掙扎，他雙臂發軟，似乎王靜湖的下一招就再無力抵擋，可又奇蹟般地每一掌都扛了過去。在這驚濤駭浪的攻擊中，他冷不丁察覺出一點異常——王靜湖的攻勢似乎在漸漸失控！

王小軍看向父親，大吃一驚，只見王靜湖臉色煞白，嘴角不住微微抖動，顯得比他還痛苦百倍，王小軍小心道：「爸？」

「放棄抵抗！算我求你！」王靜湖吐出這八個字，攻勢更顯凌亂，驀地，他不住倒退，接著整個人抽搐成一團，然後才坐倒在地上。

「嘩啦——」陳覓覓擊破玻璃，身子凌空掠了進來，她沒做絲毫停留，雙掌直奔王靜湖。王小軍急道：「住手！」右手抓住陳覓覓身後的衣服把她拉了回來。

畢竟是父子天性，王小軍撲到王靜湖身邊道：「爸，你怎麼了？」

王靜湖眼角嘴角不住抖動，身子蜷縮成一團，饒是如此，手掌仍向王小軍胸前按來，陳覓覓凌空抓住他的手，隨即驚訝道：「他這是怎麼了？」原來她一抓之下發現王靜湖手上沒有絲毫力量，竟連普通人也不如。

王小軍悚然道：「是反噬！」

胡泰來和唐思思也衝了進來，王靜湖哆嗦著去抓王小軍，王小軍任由他抓住，焦急道：「快說，我該怎麼做？」但是王靜湖已經說不出話了。

陳覓覓伸手掐住王靜湖的人中，大聲道：「你們抓住他的手腳。」剩下的三個人手忙腳亂地依言行事，王小軍在王靜湖胸口又按又拍，過了足有五六分鐘，王靜湖才漸漸安靜下來，眼神慢慢恢復光亮，推開眾人靠著破爛的床頭坐了起來。

胡泰來一激靈，把王小軍拉在身後，陳覓覓隨即醒悟，立即擋在王小軍前面。

「你們快看這是什麼？」唐思思在破碎的衣架下面發現一個被踩癟的豬八戒面具。

胡泰來驚道：「一直以來，是你爸要……」

王小軍點點頭：「沒錯，我爸就是『豬八戒』。」

陳覓覓道：「我本來也如此猜測過，可無論如何也想不到父親會對兒子下這種狠手，所以最終還是放棄了這個想法……」

王小軍釋懷道：「我爸也是為我好——」他拉開胡泰來，對王靜湖道：「爸，咱倆不打了吧？」

王靜湖癱坐在地上擺了擺手，苦笑道：「不打了，咱們鐵掌幫有規矩，門人之間正式比武輸了，一年之內不得再尋釁挑戰，我已經輸了。」

王小軍道：「別想誑我，你廢我武功是想保我的命，又不是比武，你肯定想著好了以後找機會陰我呢，你再這麼不誠實……我可就要離家出走了。」

王靜湖挺身站起，盯著王小軍道：「憑我現在的情況，已經打不過你了。」

·第二章·

初戀情人

女孩感覺有人在盯著自己看，順著方向轉過頭看到王小軍，一時竟有些發呆。

王小軍詫異道：「黃萱，是你嗎？」

黃萱發愣道：「王小軍？」

胡泰來冷不丁打了個激靈。「黃萱……好像是小軍的初戀女友。」

待王靜湖喘息平定，屋裡亂七八糟也不能待了，眾人就在院子兩邊的臺階坐下，王小軍他們坐了一邊，王靜湖自己坐一邊，就像兩軍對壘似的。

王小軍道：「你是不是從郊區的旅館就跟上我們了？」

王靜湖也不隱瞞，把他如何跟蹤王小軍上了峨眉、卻被民武部糾纏住不能動手、在密林裡如何幫王小軍擊退余巴川等等說了一遍。

王小軍恍然道：「難怪余巴川臨走老大不服氣的樣子，原來真不是本事不行，我還說我運氣怎麼這麼好呢?!」

王靜湖哼了聲道：「不知天高地厚，那天要不是我在一旁護著你，你最後不死也得重傷。」

王小軍道：「所以你得知我們要去武當以後，便又跟了過去？」

王靜湖道：「我不願意和老道們囉嗦，就一直在山下尋找機會——」說到這，他忽然對陳覓覓道：「覓覓，那天誤傷了你不是我的本意，希望你不要怪我。」

陳覓覓嘆氣道：「救子心切，可以理解。」

陳覓覓聰明機敏，自從看到王靜湖後心裡就一直起疑，直到這時真相大白，她也跟著感慨不已。

王靜湖又衝胡泰來點點頭算是致歉。

唐思思癟嘴道：「王叔叔，你是不是也欠我一個說法呀，要不是你，我怎麼會落在我二哥手裡，害得我差點嫁給那個神經病！」

王靜湖無奈道：「好，我也對不起你。」

王小軍道：「舊帳算完了，說說你到底打算拿我怎麼辦？」

王靜湖認真道：「如果我懇求你讓我廢掉你的武功，你答應不答應？」

王小軍馬上擺手道：「那我自然不能答應，戰場上談不下來的條件你指望在談判桌上拿下嗎？你要賊心不死，我就離家出走！」

胡泰來無語道：「哪有這樣說你爸的？」

王靜湖沉默片刻道：「小軍，我剛才跟你說的都是真的，你強練鐵掌，又在極短的時間內突擊內功，鐵掌幫功夫上的缺陷會在你身上變本加厲地體現，你之所以還沒發作，一是因為你年輕力壯，二是因為你練了內功，但這一切都無濟於事，最多延緩個一年半載，你還是會嘗到反噬之苦，我剛才的樣子你們都看見了，你要是不聽勸，下場是一樣的，起初是十天半個月發作，逐漸三兩天，後來每天一次，發作時間也越來越長，我狀態好時還能預感到自己要發病，今天我是掐準了已經發作過一次這才去找你，但是跟你

動手時內力激蕩，竟然失控。你要想好後果，如果你能承受，那我也不攔你。」

王小軍意外道：「你真的不攔我？」

王靜湖嘆氣道：「現在要想制服你須在七八十招甚至百招，我的身體堅持不了那麼久，所以說我已經打不過你了。」

王小軍道：「原來不是不想攔，是攔不住。」

王靜湖嘆道：「咱們王家世代管理鐵掌幫，本來也都是這麼過來的，但到了你這一代，只有你這麼一棵獨苗，我當然有私心，所以從小不讓你學武，你爺爺卻有心把你培養成新的接班人，為了這個，我已經和他翻過幾次臉了……」

王小軍不解道：「你倆為什麼在這個問題上這麼糾結？是不是都看出我是萬中無一的武學奇才，爺爺想讓我把鐵掌幫發揚光大，你卻擔心我天分太高，過早走火入魔？」

王靜湖搖手道：「不是，你從小手腳就不協調，你爺爺是因為看到了這一點才沒強求你的。」

「噗——哈哈哈。」陳覓覓和唐思思頓時笑得前仰後合，胡泰來也把臉轉向了一旁。

「看不出這是自家孩子謙虛的嗎？」王小軍辯解著，擠眉弄眼道，「爸，你多少給我點面子，不能因為敗在兒子手裡就趁機打擊報復呀。」

王靜湖卻執拗道：「我說的都是真的，你忘了那年我和你爺爺帶你去醫院做檢查，我們一直懷疑你是小兒麻痹。」

陳覓覓他們笑得更厲害了。

王靜湖嚴肅道：「我現在不是以老子的身分，而是以鐵掌幫同門的身分問你一句，你是不是執意要繼續練鐵掌幫的功夫？」

王小軍尷尬道：「可是我已經退出鐵掌幫了……」

王靜湖道：「這個好辦，下次我見了你爺爺跟他說一聲，現在就先代他再收你入鐵掌幫。」

王小軍無言道：「咱們這樣是不是太兒戲了一點？」

唐思思吐嘈道：「本來你退出鐵掌幫就是兒戲，江輕霞會不知道有這一天嗎?!」

「說得也是……」王小軍這才道：「那我以鐵掌幫弟子的身分回答你，鐵掌幫的功夫我練定了。」

王靜湖面無表情道：「好，你既然打敗了我，那你的順位繼承人名次就往前移一位，以後你就是鐵掌幫第三順位繼承人。」

王小軍愕然道：「誒，你不是第一繼承人嗎，怎麼我打敗你才到第三？」

王靜湖道：「幫規如此，等你打敗了你大師兄和青青，才是名正言順的第一順位繼承人。」

王小軍知道父親多半沒有騙他，鐵掌幫自古就是在這樣弱肉強食的生態環境下發展壯大起來的，在鐵掌幫，有實力就是最大的榮譽，王小軍清楚，父親肯鬆口讓他繼續練功，很大的原因就是因為王靜湖比武輸了，他是按照鐵掌幫長久以來的傳統做出了讓步，僅此而已。

果然，王靜湖道：「好，從此以後我不再管你，也絕不再暗算你，你大可放心。」

王小軍道：「爺爺現在到底在哪兒？」

王靜湖嘆道：「你爺爺的反噬已經到了不可控制的地步，他現在每天最多只有幾個小時清醒的時間，我把他安置在一個安全的地方，以防仇家找他報復。」

王小軍道：「我想見見他。」

王靜湖道：「暫時不行，他糊塗的時候隨時會出手傷人，就算清醒的時候我也不知道他會對你說些什麼奇怪的話，你還是不見為好——」接著感傷道：「我遲早也會有這麼一天，希望你做好準備。」

陳覓覓安慰道：「王叔叔，事在人為，就算功夫裡有缺陷也可以克服呀，鐵掌幫傳世這麼多年，也沒見它斷了根基。」

王靜湖黯然道：「那是因為以前的鐵掌幫人丁興旺人才濟濟，幫主出事，永遠有靠譜的繼承人頂上他的位子，如今武林都已式微，我鐵掌幫存亡更無關緊要了。」

王小軍無語道：「你的意思是我不靠譜嗎？」

王靜湖接著道：「再有，鐵掌幫的秘密在武林裡恐怕已經傳開了，余巴川敢先發制人就是一個證明——」他忽然對王小軍道：「兒子，我如果只求保你平安，那就是放棄了鐵掌幫；可任由你繼續走火入魔又會失去你這個兒子，公私不能兼顧，有一天你若到了不可自拔的地步，希望你不要恨我，為了鐵掌幫，我只能把你賭上了！」

王小軍這才明白父親其實一直處在兩難的境地，並不是一定要制止自己學武，他樂觀地道：「不要說得那麼沉重嘛，別人家的主角目標都是制霸全宇宙，至不濟也要醒掌天下權，醉臥美人膝，振興一個幫派，這種事前三章就幹了。」

王靜湖道：「你要闖蕩江湖也可以，但是要答應我一個條件。」

「你說。」

王靜湖道：「給你兩年時間，你要讓我抱上孫子。」

胡泰來和唐思思一起看向陳覓覓，陳覓覓瞬間滿臉通紅，王小軍卻斷然道：「不行。」

「為什麼？」這次不光王靜湖詫異，連胡泰來和唐思思都頗為吃驚。

王小軍拉住陳覓覓的手道：「覓覓下個月才過十九歲生日，就算兩年以後也才廿一歲，我捨不得讓她這麼早就生孩子，我要帶著她浪跡天涯，什麼時候玩夠了，這才專心地生孩子。」

「你……」

王小軍看了他一眼道：「你又打不過我，快別提這種非分的要求了。」

陳覓覓紅著臉，低著頭，一句話不說地往裡院走。

王小軍對胡泰來和唐思思道：「這裡沒事了，你們也回去睡吧。」

王小軍坐在王靜湖邊上道：「你是怕我兩年之內要麼癱，要麼死，所以想讓我給王家留個種嗎？」

王靜湖沒有否認。

王小軍道：「做人不能這麼自私，咱們王家的雷，不能讓覓覓來背。」

王靜湖反駁道：「女人既然選定了男人，就要為自己的選擇負責，不然我們娶她們是為了什麼？」

王小軍哼了聲道：「就是因為你有這樣的想法，我媽才離開你的吧？」

王靜湖臉色一沉，王小軍連忙道：「不說這個了，你打敗余巴川那一招叫什麼來著？隔山打牛氣？」

王靜湖道：「你別想了，這種功夫極其難練，而且實戰效果不好，最大的作用只是向外人炫耀武力，你不會感興趣的。」

王小軍立即道：「感啊！裝酷的事怎麼會不感興趣呢？」

「那你現在的功力也不夠。」王靜湖道：「還是說說你吧，退出鐵掌幫到底是怎麼回事？」

王小軍怪道：「你不都知道了嗎？」

「我只知道你上峨眉學了纏絲手，卻不知道你為什麼退幫。」

王小軍一副理所當然的表情道：「想學人家的功夫當然得加入人家的門

派，不然人家憑什麼教你？」王小軍便把怎麼上峨眉要為胡泰來解毒，又拜在江輕霞門下的事說了一遍。

王靜湖吃驚道：「你為了學纏絲手居然給一個女人磕頭？」

王靜湖看起來很不高興的樣子，又道：「說到這兒，你那氣墊一樣的防護是怎麼回事？」

「那就是游龍勁，是覓覓的師父龍游道人在晚年發明的——」王小軍又簡短地把學游龍勁的過程說了一遍。

王靜湖悠然神往道：「你這段時間有這麼多奇遇，難怪我打不過你了。」

王小軍聽父親口氣有些消沉，也不知該怎麼安慰他，於是拍拍他的肩膀道：「爸，你老了。」

王靜湖也拍拍王小軍的肩膀道：「爸不是老了，爸是沒你臉皮厚。」

第二天，王小軍睡到半上午才起，然後繼續坐在臺階上打盹。

陳覓覓又好氣又好笑道：「以前有人管著不讓他練功，他抓緊一切時間，甚至跑到公園裡去練，現在沒人管了，反而開始偷懶了。」

王靜湖無語道：「早知道我小時候就該逼著他練功，說不定現在他早就放棄了。」

就在這時，一個老頭在門口探頭探腦道：「我小師父是在這住嗎？」

胡泰來納悶道：「您找誰？」

陳覓覓意外道：「黃老，您怎麼來了？」原來這幾天陳覓覓和王小軍沒去公園，黃俊生親自找上門來了。

黃俊生見了陳覓覓抱怨道：「小師父啊，你怎麼不去公園教我推手了，是不是嫌我笨？」

陳覓覓趕忙笑道：「不是，這幾天事多……」

黃俊生走進院子，身後跟著進來一個年輕的女孩，女孩身材細瘦，眉眼五官都透著東方女性的婉約柔美，但是打扮十分入時，整個人精幹成熟，又不失這個年紀的俏皮可愛，唐思思一看到就眼睛發亮，打算自己也搞一套來穿。

黃俊生介紹道：「這是我孫女，她執意要來看看你。」

女孩微笑道：「我爺爺最近三天兩頭把他的小師父掛在嘴上，我是來滿足一下好奇心的。」

陳覓覓道：「你就是那個服裝設計師吧？」

女孩拉著陳覓覓道：「讓你見笑了，其實我才剛畢業，談不上設計師。」
唐思思忍不住道：「你身上這套衣服哪買的啊？」
女孩道：「哦，這是我自己設計的。」
唐思思頓時無限崇拜道：「很不錯呀！」
女孩和陳覓覓說著話，就感覺邊上有人在盯著自己看，順著方向轉過頭看到王小軍，一時竟有些發呆。
王小軍詫異道：「黃萱，是你嗎？」
黃萱發愣道：「王小軍？」
胡泰來冷不丁打了個激靈。
唐思思道：「你怎麼了？」
胡泰來用極低的聲音道：「黃萱……好像是小軍的初戀女友。」
「啊？」
唐思思沒什麼印象，可胡泰來卻還記得這個名字，當初黃萱曾從國外給王小軍寄過一張明信片，和武協的帖子一起來的，他至今仍記得王小軍當時那感傷又甜蜜的樣子。
王小軍緩緩地向黃萱走來，唐思思小聲嘀咕道：「壞了，小聖女要是醋海生波就不好了，一會打起來你先拉住她，我掩護姓黃的先走，不然非出人命不可。」

胡泰來哭笑不得道：「覓覓不是那樣的人。」

王小軍和黃萱四目相對，黃萱嫣然道：「我說鐵掌幫這三個字怎麼聽起來那麼熟悉，原來是你家。」

王靜湖道：「你們認識？」

王小軍羞澀道：「爸，這是黃萱，我們同學。」

王靜湖頓時道：「哦，這名字我那時經常聽你念叨。」他和黃俊生對視了一眼，兩人在瞬間傳遞了許多訊息，有了一種「差點成為親家」的默契……

陳覓覓見眾人表情各異，很快猜到王小軍和黃萱的複雜關係，往後退了一步道：「你們聊。」

王小軍急忙拉住陳覓覓的手道：「這是我女朋友。」

黃萱絲毫不以為意，伸出手道：「你好。」

陳覓覓和她握了握道：「你也好。」

唐思思又道：「我猜現在最難受的是黃老頭——給師父領來個情敵，覓覓以後能再好好教他就有鬼了！」

胡泰來無奈道：「你把覓覓想成什麼人了。」

黃俊生訥訥地對陳覓覓道：「小師父，我們是不是不該來？」

陳覓覓大方地道：「怎麼會？」她對王小軍道：「小軍，你們老同學碰面，你請黃萱吃頓飯吧。」

黃萱道：「一起吧，我請。」

陳覓覓婉拒道：「不必了，我還有事。」

胡泰來和唐思思面面相覷，就連王靜湖都下意識地抽了抽鼻子，似乎在聞空氣中有沒有火藥味。

王小軍局促不已，黃萱卻道：「那好，小軍咱們走吧。」

王小軍還在遲疑，唐思思一個箭步衝到他跟前，小聲道：「這時候讓你走你就走，小心翼翼地就更顯得你心虛了。」

王小軍苦笑道：「你想多了，我和黃萱其實……」

唐思思推了他一把，催促道：「別囉嗦，我們等著你的決定。」王小軍只好跟著黃萱出了大門。

黃萱上了一輛mini cooper，她自若地繫著安全帶，問：「咱們去哪兒？要不然還是老地方坐坐？」

王小軍頓了頓道：「呃，好。」

所謂老地方，是上學那會他們一幫同學閒來聚會都會去的冷飲店，這家店就在學校附近，老闆居然還認識王小軍和黃萱，在櫃檯裡遙遙點頭微笑。

黃萱坐下來道：「這裡改變不大，畢業以後你來過嗎？」王小軍搖頭。

這時服務員拿著菜單走過來，黃萱看也不看道：「我點一個地中海帆船。」

王小軍心不在焉地道：「我來個一樣的吧。」

黃萱笑道：「先說好了我請，順便謝謝你教我爺爺功夫。」

王小軍澄清道：「你爺爺不是我教的，是我女朋友。」

黃萱道：「我很納悶，我爺爺學太極拳也學了十多年了，怎麼又跑去跟一個小女孩學武功，你女朋友真的很厲害嗎？」

王小軍解釋道：「她是武當派嫡系弟子。」

黃萱瞪大了眼：「現在居然還有武當派？我以為那都是武俠小說裡杜撰的。」

王小軍翻個白眼道：「當然有。」

黃萱咯咯笑道：「上學那時，老聽你說你是鐵掌幫的傳人，還以為你是開玩笑，原來真的是大俠啊。說說唄，你做沒做過鋤強扶弱、劫富濟貧的事？」

王小軍岔開話題道：「說說你吧，恭喜你終於達成了自己的理想，成為服裝設計師了。」

黃萱認真道：「謝謝，我很幸運，我三歲得到第一個芭比娃娃時，就自己動手給她做裙子，也是從那時起，我就覺得當一個服裝設計師是很浪漫的事。你的理想是什麼？」

王小軍一時愣然，喃喃道：「周遊世界算嗎？」

黃萱興奮道：「算呀，這也是我的理想。」

王小軍心裡一動，原來他想要周遊世界的想法是受了黃萱的潛移默化。

黃萱道：「你說我們有沒有可能最近一起去完成這個理想呢？」

王小軍直言道：「沒可能。」

「為什麼？」黃萱納悶地問。

「因為我還有很多事要忙。」

「什麼事？」

王小軍道：「江湖恩怨，說了你也不懂。」

黃萱笑道：「原來你是想去當大俠啊。」就在這時，她收到一通簡訊，低頭看了一眼，頓時臉色大變道：「壞了壞了。」

王小軍問：「怎麼了？」

黃萱道：「我的老師給我安排了回國期間的作業，要設計十套男裝，我這段時間樣式是設計出來了，可還沒顧上拍照，老師已經在催了。」

王小軍聽了道：「哦，那你快回去拍吧，拍個照嘛，兩三分鐘的事。」

黃萱無語道：「你以為這麼容易？就算做網拍也得請模特兒吧？」

「還得請模特兒？」

黃萱道：「一套衣服擺在那兒怎麼表現它的氣質和特色？當然要請模特兒展示出來啦。」

黃萱忽然上下打量著王小軍道：「你多高？」

「我？一米七左右吧——」王小軍隨即吃驚道，「你可別打我的主意啊。」說著就要往外走。

「站住！」黃萱跑過來拉住王小軍的胳膊道，「老同學有難，你不幫忙

誰幫啊？」

王小軍一邊掙扎一邊道：「我真的不行，我肚子上有贅肉，氣質也不成，阿瑪尼穿我身上都跟撿的似的……」

說了半天，最後王小軍還是跟著她回去了。

沒想到黃萱居然有自己的攝影棚，而且攝影棚裡工作人員不少，黃萱一來就展現了精幹的另一面，很快讓造型師、燈光師就位，隨後讓王小軍換衣服。

王小軍試的第一套衣服，是一件銀灰色的外套，搭配七分褲，王小軍看了看那件外套，伸手道：「襯衫呢？」原來那件外套是大開領，不穿襯衫跟半裸著沒什麼兩樣。

黃萱笑道：「直接穿，這件衣服就是為了……」她忽然喃喃道：「好漂亮的鎖骨。」

這時，男攝影師托著下巴道：「這件衣服就是為了露出鎖骨設計的——你的鎖骨很好看。」

王小軍下意識地扭了扭身體，被一個男人稱讚鎖骨好看，他還真有點不習慣……

黃萱仔細研究著王小軍，提示道：「來點狂野不羈的眼神和動作。」

王小軍崩潰道：「你弄死我吧，我哪會什麼狂野不羈啊？」

黃萱教他道：「就是那種玩世不恭，誰也不服的樣子，這樣，你把我想像成你的敵人好了。」

王小軍無言道：「我們鐵掌幫不擅長用眼神殺人——而且我沒有女敵人。」

黃萱一拉攝影師道：「那把他想像成你的情敵，明天就要和你女朋友結婚——」

王小軍瞬間就想起了周沖和，不禁神色一閃，攝影師立刻舉起相機道：「好，保持這種眼神！」

攝影師衝著王小軍一頓狂拍，不停地說「完美！」「漂亮！」「就是這樣！」王小軍尷尬地照他說的擺出各種動作，一套衣服拍了大半個小時才完。

趁中間休息的時間，王小軍小聲問黃萱：「你們的攝影師性向正常吧？」他被誇得有點懵，感覺那人八成是愛上自己了。

黃萱一愣，隨即捧腹大笑，瞟了王小軍一眼道：「沒想到你身材還真

不錯。」

第二套衣服拿來，王小軍一看更加崩潰——兩個肩膀上各有一坨大披風披在地上，下身是蘇格蘭長裙和鹿皮長靴，王小軍忍不住說：「這玩意能穿著上街嗎？」

黃萱駁斥道：「又沒讓你上街。」

黃萱一共設計了十套衣服，每套拍下來都要半個小時左右，加上休息時間，幾個人忙完天都黑了，黃萱把工作人員送走，回身就見王小軍仰面朝天半癱在沙發上，不禁歉然道：「累了吧？」

王小軍茫然道：「這比跟人打架還累啊。」

黃萱一笑道：「你幫了我的大忙了。」她坐在電腦前，逐一翻看著剛才拍的照片，衷心說道：「你氣質其實不錯，更確切的說，是氣場，很多業餘的模特兒在拍照時都會面露怯色，你完全撐得住場面。」

王小軍回道：「讓你過一個多月不是被人踢場子就是去踢別人場子的日子，你也撐得住！」

黃萱突然道：「小軍，你以後想幹什麼職業？」

王小軍撓頭道：「你怎麼跟《中國好聲音》的汪峰似的，不是問人理想就是問人職業，說實話我還沒想好，而且我也沒時間去想。」

黃萱嗔怪道：「你都忙些什麼了？」

「我們家人都是鐵掌幫的這你知道了，現在有人想取代我們鐵掌幫在江湖上的地位……」

黃萱驚訝道：「我以為你要當大俠都是開玩笑的。」

王小軍無語道：「我從來沒說過我要當大俠，現在的問題是人家欺負到你頭上來了。」

黃萱打斷他道：「好了好了，我餓了，你呢？」

王小軍道：「咱倆中午就光吃了霜淇淋吧？」

黃萱哈哈一笑道：「走，我請你吃飯。」

兩個人走出工作室，附近的飯館已經全部關門了，黃萱開著車找到一家廿四小時的便利商店。

王小軍無語道：「替你拍了七八個小時，你不會就請我吃這個吧？」

黃萱手一攤：「不然就只有肯德基。」

「算了，還是在這吃泡麵吧。」

兩個人進去買了泡麵，在店裡沖了水，然後就坐在門口的長椅上吃著。

這時，一輛汽車歪歪斜斜地路過便利店門口，然後又歪歪斜斜地倒了回來，車門大開，從車裡下來三個打扮輕佻、酒氣熏天的年輕人來。

「這麼漂亮的妹子就吃這個呀，走，跟哥走，哥帶你吃香喝辣的去。」那個戴著金鍊子的司機嬉皮笑臉道，一邊晃晃悠悠地朝黃萱走來。另外兩個青年也嘻嘻哈哈地幫著腔，尾隨著金鍊子走了過來。

黃萱嚇了一跳，下意識地摟住王小軍的胳膊，王小軍神色淡然道：「你們要現在走，我就當什麼事也沒發生。」

金鍊子顯然把這當成了一句威脅，他壓根沒看王小軍一眼，伸手就去摸黃萱的下巴，王小軍一手端著麵，一手拿住了金鍊子的手——

「疼，疼！疼！」金鍊子叫了起來。兩個小弟一見又驚又怒，返身從後車廂裡抄出兩根棒球棍來，王小軍示意他們不用過來，然後起身，像捏臭蟲一樣捏著金鍊子來到車門前，他放開金鍊子的一瞬間，手掌在車門上按了一個洞……

另外兩個愣在當地不敢動了，王小軍拽住那個洞，把車門給撕了下來。那兩個背起手，悄悄把棍子扔了。

王小軍這才又拿起叉子繼續吃麵，一邊行若無事道：「道歉。」

那兩個人一起彎腰：「我們錯了！」

金鍊子這時衝黃萱一躬到地，恭敬地說：「姐，我錯了，我不是人，讓我姐夫饒了我吧！」

黃萱又是吃驚又是好笑道：「以後不許這樣了。你們走吧。」

金鍊子討好地朝王小軍笑笑，轉身就要上車，王小軍一探身把方向盤拔了出來，順手扔到便利店的房頂上：「喝酒別開車，為了你們好。」

金鍊子由衷感激道：「謝謝姐夫又救了我們一命。」三個人面向王小軍慢慢後退，直到退出五六十米的地方這才撒腿就跑！

王小軍端著麵，見黃萱笑咪咪地看著他，嘿然道：「最看不慣這種人了，喝點酒就裝醉，給他點顏色他明白著呢——看，還知道跟你求饒。」

黃萱來到破爛不堪的車旁細細研究道：「你力氣很大啊？」

王小軍揮了揮手：「你以為我們鐵掌幫的功夫都是白練的嗎？」

在便利店門口，王小軍本想就此告別，黃萱背著手搖曳生姿道：「送我回家吧。」

這句話說得理所當然，黃萱把車鑰匙遞給他，王小軍只好坐上駕駛座。

黃萱道：「你認識我家吧？」

「呃，認識。」王小軍開著車，黃萱低頭處理簡訊，「咦」了一聲。

「怎麼了？」王小軍問。

黃萱抬頭看著王小軍，像是在看一件新奇的藝術品。

「我臉上有髒東西？」王小軍忐忑地摸著臉頰。

「知道我老師說什麼嗎？」

王小軍道：「說你的東西不好？那也別灰心，你才多大呀，我對你有信心。」

「不是，我老師壓根就沒評論我的作品，他說的全是你！」

王小軍愣了一下才反應過來，黃萱的老師是看過自己當模特兒的那些照片了，嘿嘿一笑道：「不好可不能怪我，你告訴你老師先將就著，以後再找好的模特兒。」

黃萱道：「我老師說你十分適合做模特兒，你有種獨特的邪魅氣質，符合他一直以來對東方的審美，儒雅、俠義、還有空明的境界，就像李安武俠電影裡的人物。」

王小軍咳嗽連連：「什麼玩意兒？邪魅?!我可是名門正派的弟子。」

黃萱正色道：「別胡說，我老師是尚・保羅，是法國時尚界的泰斗，一個模特兒只要被他評價過『還行』兩個字，就可以在全世界暢行無阻了。」

「哦。所以呢？那我應該謝謝他？」王小軍全然摸不著頭腦，為了不掃她的興，試探道。

黃萱攤攤手，一副無語的樣子。

到了黃萱家樓下，王小軍道：「時間不早了，你趕緊休息吧。」

黃萱忽然道：「小軍，你跟我去巴黎吧！」

王小軍嚇了一跳道：「我去幹什麼？」

「當模特兒。」

王小軍哈哈笑道：「別鬧了，一點也不好笑。」

黃萱盯著王小軍：「我是認真的，你的身材、氣質很能代表亞洲人，這也是我以後主要的客群，我們合作，一定能成為一段傳奇。」

王小軍這才覺察出黃萱是真動了心思，惶恐道：「可是我抽不開身。」

黃萱訓斥道：「你難道真的要把一輩子浪費在打打殺殺的事情上嗎？你生在幫派裡，但那不代表你不能有自己的生活，你不用為你的家族和長輩買

單，你是自由的。」

王小軍搖頭道：「第一，你把武林和黑社會弄混了，第二，我不覺得現在的這種生活有什麼不好。」

「可是——」黃萱激動道：「人難道不該做更有意義的事嗎？現代社會裡，你武功無敵了又能怎樣？但我們要去做的事就不一樣了，想想看，人們穿的都是我們設計的衣服該多有成就感，可你如果把時間浪費在打架上呢？」

王小軍皺了皺眉，最終還是一笑道：「我說不過你。」

黃萱拉住王小軍的手道：「我知道一時很難說動你，但是答應我，你會認真考慮一下！」

王小軍心事重重地點頭：「好。」

黃萱露出甜笑道：「和你在一起我很開心，也很有安全感。」

黃萱的手放在車門把上卻遲遲沒有下車，想了一下，終於問王小軍道：「不上去坐坐嗎？」

「改天吧。」停好車，兩人下了車，王小軍無意道：「我記得你家好像住三樓。」

黃萱嫣然道：「沒錯，我家燈亮了你才可以走哦。」

當黃萱在自家窗口衝王小軍揮手後，王小軍快步往社區外走，因為這時時間真的不早了，他不知道該怎麼跟陳覓覓解釋。

第三章

撩妹技巧

陳覓覓終於忍不住笑了出來，「討厭！以後不許三心二意的！」

王小軍心花怒放道：「是！老婆！」

胡泰來看得目瞪口呆，王小軍武功高也就罷了，這種撩妹技巧實在讓他嘆為觀止，真正打心底裡佩服。

回到鐵掌幫，四下一片安靜，王小軍來到陳覓覓屋前，沒等他敲門，裡面已經傳來陳覓覓隱忍的聲音：「這麼長時間你去哪了？」說著話門一開，陳覓覓走了出來。

「我……幫黃萱……拍了一些照片……」王小軍支支吾吾地說著，他沒做任何虧心事，可就是顯得底氣不足。

陳覓覓臉色難看道：「那你也該告訴我一聲啊，這麼晚沒回來，我以為你遇到青城派的人了。」

王小軍心裡一陣感動，原來陳覓覓先想到的是這個，他的電話在八點以前還有電，之後沒電就自動關機了。

接著陳覓覓一句話馬上讓王小軍進入了戰備狀態：「你是不是跟黃萱舊情復燃了？」

這直截了當的一記悶拳幾乎把王小軍打暈，他苦笑道：「我們……其實談不上什麼舊情。」

陳覓覓帶酸地道：「沒錯，你們壓根就沒分過手，我才是多出來的那個。」

王小軍崩潰道：「也不是……」

陳覓覓故作大方說道：「沒關係的小軍，你說吧，如果真的是這樣，我馬上就走，我們之間其實就是句玩笑，趁大家都沒陷太深，收手還來得及，以後見面還是朋友。」

王小軍詫異道：「你覺得我們之間是玩笑？」

陳覓覓轉過頭去道：「你不也沒當真嗎？難道沒憑沒據的一紙婚約，就讓你覺得非我不娶了？」

「我……」

就在這時王靜湖走出來淡淡道：「今天太晚了，有什麼事明天再說吧。」

王小軍咬了咬牙對陳覓覓道：「答應我，不要走。」

陳覓覓沒有回答，關上了門。

王靜湖語重心長道：「小軍，你該好好想想，如果你選黃萱，我會很高興。」

王小軍快就明白，如果他選黃萱，那就意味著他選擇過正常的生活，以後遠離江湖；選陳覓覓的話，註定要經歷很多風波。

王小軍苦笑道，「爸，你還是有私心啊。」

王靜湖嘆道：「做人父母的，怎麼可能沒有私心？」

王小軍躺在床上翻來覆去地睡不著，兩個女孩開始在他腦子裡開戰。

他和陳覓覓認識時間並不長，但是兩人默契天成，在陳覓覓身上，王小軍感覺到的是熾烈、毫無保留的相互信賴。王小軍很慶幸能遇到陳覓覓，他也相信不可能再有比陳覓覓更適合自己的人了。

對黃萱，在沒認識陳覓覓以前，她是王小軍心裡唯一的女神，他受她的影響很深，為她設立了自己人生第一個目標，黃萱身上有種閃光的東西一直強烈吸引著他，這種吸引並未隨著時間的流逝而消散，反而日久彌新。黃萱神秘、獨立，充滿女人味，這些特點都是王小軍喜歡的。

讓王小軍困惑的，也是王靜湖所說的，他現在不單是面臨要選誰的問題，而是要選擇過什麼樣的生活——是繼承祖業，還是過另一種生活。

最後，兩個女孩的形象又回到王小軍的腦海裡，忽然，王小軍想到一個問題：這兩個女孩什麼時候輪到自己去選了？

想到這兒，王小軍啞然失笑，也終於豁然開朗：黃萱只是女神，陳覓覓才是你現在的女朋友，雖然女神看似向你拋出了花環，但你不能對不起覓覓！

第二天一早，胡泰來的三個女徒弟又來跟著師父練功，王小軍踟躕著走到陳覓覓門口，陳覓覓打開門道：「你有什麼話要跟我說嗎？」

王小軍看著陳覓覓道：「我以前喜歡黃萱，但我們其實沒有任何關係，我不能騙你，她讓我跟她去巴黎，但我不準備答應她。」

陳覓覓冷著臉道：「所以呢？」

王小軍道：「你才是我的女朋友，我不能對不起你。」

院子裡的人均感愕然，都豎起了耳朵，然後假裝各自忙各自的事。

陳覓覓搖頭道：「你其實還沒想好，我要的不是『不能對不起』，黃萱邀你去巴黎，說明她接受你了；你說你不能對不起我，那表示你心裡也有她，所以我不能和你在一起。」

王小軍悚然一驚，因為他發現陳覓覓說中了自己的心事。

陳覓覓轉身，提了一個小包出來，王小軍驚道：「你幹什麼？」

陳覓覓道：「我要回武當了。」

王小軍下意識地要去拉陳覓覓可又不敢，他瞭解陳覓覓的個性，做了決定的事是不會回頭的。

胡泰來看看唐思思，唐思思卻對他搖搖頭，小聲道：「別管，讓他們倆

都冷靜冷靜吧。」

就在這時，一個精瘦的漢子張惶失措地探進頭來道：「我師兄在這兒嗎？」

胡泰來見了，意外道：「猴子？」

那漢子一見胡泰來頓時紅了眼，一個箭步撲上來抓住胡泰來的手道：「師兄！」

胡泰來向眾人介紹：「這是我師弟丁侯，我們都管他叫猴子。」說完這句話，他意識到什麼，猛然問：「你怎麼跑來了——師父還好嗎？」

丁侯哽咽道：「師父被人打了！」

胡泰來兩條眉毛頓時豎起，像兩把要砍人的刀，喝問：「誰？」表情像要擇人而噬似的，王小軍他們還是第一次見胡泰來這個樣子。

丁侯怯怯道：「不知道，對方是一大幫人直接找上門來的，開始說要以武會友，結果動起手來毫不留情，打傷了咱們六七個師兄弟，師父出來和他們理論，被帶頭的老頭打傷了！」

霹靂姐聽到這也炸毛了：「太他媽過分了，這就是為了踢館去的啊——話說你們挨了打，居然連對方是誰都沒搞清楚嗎？」

丁侯沮喪道：「師父受了傷後，嚴令禁止我們上門報復，說要等師兄你回來再商量，可是你也沒回來……」

胡泰來驚道：「這是什麼時候的事？」

「將近半個月了。」

胡泰來一推算，這正是祁青樹打電話要把掌門傳給他的那天，那時他因為要救唐思思所以沒能回去。

胡泰來喃喃自責道：「是我不孝，是我不孝啊。」

唐思思上前對丁侯道：「你們師兄是為了救我才沒回去的。」

胡泰來面色凝重地問：「師父傷得怎麼樣？」

丁侯道：「已經沒有大礙了，只是……師父那個脾氣你是知道的，吃了這麼大的虧……每天除了罵人就是跟自己過不去……」

陳覓覓也聽得直發愣，把包包放下了。

胡泰來咬牙道：「出了這麼大的事，你們居然一個給我通風報信的都沒有！」

丁侯低頭道：「師父不讓我們告訴你，說你回來也沒什麼用……」

胡泰來道：「那些打人的人呢，跑了嗎？」

丁侯兩眼血紅道：「說起這個最可恨，他們打完人之後不但沒走，還在本地盤踞下來了，然後開了一間武館，天天宣傳說把黑虎門挑了，跟他們才能學到真東西。」

胡泰來把拳頭捏得嘎巴響：「放肆！」

霹靂姐和藍毛哇哇叫道：「師父你還等什麼，咱們去和他們拼了！」

丁侯帶著哭音道：「師父不讓我們打電話，我聽說你在鐵掌幫就找來了，師兄你快回去吧，你再不管，黑虎門就要散了！」

胡泰來這會兒反而冷靜下來，問丁侯：「對方用的是什麼路數？」

丁侯道：「那幫小的拳腳都有，打傷師父的老頭用的是掌！」

胡泰來馬上看向王小軍，王小軍攤攤手表示自己無從猜測。

這時王靜湖慢悠悠走過來道：「天下用掌的多了，光從這點上可說不上是誰。」

王小軍摩拳擦掌道：「管他是誰，反正又有活兒幹了！」他看著陳覓覓討好道：「你不走了吧？」陳覓覓瞪了他一眼。

霹靂姐和藍毛振臂高呼道：「師父，你把我們也帶上吧！」這次連陳靜都躍躍欲試。

胡泰來搖頭道：「你們去幹什麼，還不快叫師叔？」

三個女孩兒這才一起對丁侯道：「師叔。」

丁侯意外道：「師兄，這是你收的徒弟？」

胡泰來點點頭，又把王靜湖等人介紹給丁侯，丁侯不是武協的人，所以不知道鐵掌幫的威名，只是禮貌地打了招呼。

當介紹到唐思思時，丁侯遲疑地問：「這位……是不是要叫嫂子？」

胡泰來尷尬道：「別瞎說！」

唐思思忙轉移話題道：「我給大家訂車票──猴子，把你身分證號碼也告訴我吧。」

霹靂姐等人滿心期待道：「思思姐，把我們的也訂了吧！」

胡泰來道：「你們不許去，在家好好練功。」

女孩們悻悻然，不敢多說。

王小軍嘿嘿笑道：「我給你們拍視頻。」

胡泰來這時問丁侯：「師父最後把掌門的位子傳給誰了？」他太瞭解師父的為人了，所以直接問傳給了誰而不是傳沒傳。

丁侯滿臉通紅道：「師兄，你別多想啊，咱們誰不知道那個位子應該是

你的？」

胡泰來一笑道：「我不會多心，就是問問。」

丁侯欲言又止了半天，最後結結巴巴道：「傳……傳給我了。」

胡泰來吃了一驚，隨即對三個女孩道：「快跟我拜見本派掌門。」說著就要跪下。

丁侯死命抱住胡泰來道：「師兄，你就別折殺我了，你難道不明白師父這是為了跟你賭氣？否則這掌門的位子就算輪十八輩子也輪不上我啊。」

胡泰來正色道：「不管怎麼說規矩不能壞，新掌門上任，這禮是一定要見的。」說著，真的跪在丁侯面前磕了三個頭，三個女孩只得不情不願地跟著一起磕頭。

丁侯尷尬不已，半擰著身子表示不敢全受。

唐思思看了看時間，道：「今天只有一班半夜十二點的火車去老胡那裡。」

陳覓覓打開手機查了下距離道：「不到一千公里，如果我開車的話，說不定晚上我們就到了。」

胡泰來道：「那就辛苦覓覓了。」他掛念師父，早就心急如焚了。

唐思思嚷嚷道：「你們不會要開車去吧？我已經把猴子的票訂好了！」

陳覓覓笑道：「那就索性讓丁師兄坐火車走吧，長途奔波，人多了也累。思思，你再給小軍也訂一張票，讓他陪著丁師兄。」

唐思思不禁看了王小軍一眼，王小軍威脅地瞪了她一眼，唐思思只好把手機放下了。

胡泰來對霹靂姐等人道：「這段時間你們要照顧好掌門師叔。」

丁侯局促道：「不用，不用。」

王小軍衝王靜湖揮手道：「爸，我走了。」王靜湖嗯了聲，再無表示。

霹靂姐三人和丁侯站在門口眼巴巴地看著他們離開。

陳覓覓上車後，王小軍搶著坐進副駕駛座，唐思思和胡泰來尷尬地坐在後面。

車子剛發動，黃萱開著車從對面出現了，王小軍道：「等我一會兒。」

王小軍從車裡走了出來，黃萱也下了車，她見眾人殺氣騰騰的樣子，不禁掩口道：「王小軍，你又要去打架了嗎？」

王小軍點點頭。

黃萱詫異道：「我昨天跟你說的話，你壓根就沒想？」臉上的表情帶著錯愕、失望，還有幾分厭惡和驚恐的樣子。

王小軍忽覺心裡一動，好像有個東西突然一下垮了，隨之他豁然開朗，走到黃萱面前，道：「你說的話我想了，而且是認真想了。」

黃萱瞪大眼睛道：「結果呢？」

王小軍道：「我選擇繼續『打打殺殺』。」

黃萱不可置信地說：「為什麼，有一份名利雙收的職業難道不好嗎？」

「因為我要做的事是對的。」王小軍正氣凜然道：「其實我想通了，我們是兩個世界的人，你有你的生活，我也有我的生活，我們永遠不可能瞭解彼此，所以，我不能和你去巴黎了。」

黃萱看了一眼車裡的陳覓覓道：「其實沒那麼複雜，我只是單純的輸給了她而已吧？」

王小軍一笑道：「是也不是，她是我生活的一部分，我不能沒有她。」

黃萱默然無言，忽然釋然道：「謝謝你這麼坦白地告訴我，王小軍，你成熟了。」

「這要感謝你。」兩人相視一笑，客氣地握了握手。

王小軍轉身上車，黃萱目送著他，陳覓覓把墨鏡戴上，目不斜視地從黃萱身邊開過。

車子開出老遠，沒人說話，一片靜默。

王小軍打破沉寂，認真道：「覓覓，從一開始我就沒想著要選誰，你能喜歡我是我的運氣，我沒權利選誰不選誰，從我們認識以來，你在我心裡就只有一個形象，那就是我老婆。黃萱出現後，我確實有點混亂，可是人是會長大的，誰小時候沒有過荒唐的想法？長大以後才發現只有適合自己的才是理想型，你就是我的理想型，我從來沒有想過要離開你！」

陳覓覓終於道：「我要的不是你不離開我的承諾，也不是打敗黃萱，我根本不想打敗誰。」

王小軍理解地道：「我明白，你要的是我心裡唯一的位置。」

陳覓覓低頭不語，王小軍又道：「覓覓，你上午要走我沒敢攔你，那是因為我那時還沒整理好我的心，只要黃萱的影子還在我心裡，那就是對你不公平和不尊重，可是你現在要走，我一定拼死留下你。」

「為什麼？」陳覓覓道。

「因為我的心再也沒有位置給別人了。」

唐思思忍不住吐嘈道：「你不選黃萱，那是因為她不是武林人士，不能和你一起笑傲江湖，如果突然出現一個女孩，武功絕高、容貌絕美，又善解人意，又活潑可愛，那你怎麼辦？」

王小軍毫不遲疑道：「你說的不就是我們家覓覓嗎？」

陳覓覓終於忍不住笑了出來，把墨鏡摘下來扔向王小軍：「討厭！以後不許三心二意的！」

王小軍心花怒放道：「是！老婆！」

胡泰來看得目瞪口呆，王小軍武功高也就罷了，這種撩妹技巧實在讓他嘆為觀止，真正打心底裡佩服。

唐思思道：「我再問最後一個問題——黃萱要帶你去巴黎，可你去了巴黎能幹什麼？」

王小軍斜了她一眼，眉飛色舞地道：「你們沒發現我身材很好嗎？」說時還有意無意地露出鎖骨……

胡泰來自從上了車後還沒說過一句話，王小軍見狀道：「老胡，別太擔心了，你師弟不是說了嗎，你師父沒事。」

胡泰來憂心道：「我師父心高氣傲，身體上的傷反而是小事，我是怕他一個想不開……」

陳覓覓道：「你們在本地有什麼仇人嗎？」

胡泰來搖頭道：「我們黑虎門在江湖上不算什麼，可在本地還是首屈一指的。」

唐思思道：「能打傷你師父的，必然是高手，你回去硬碰絕對不行。」

王小軍道：「不是還有我和覓覓嗎？」

陳覓覓認真道：「江湖上臥虎藏龍，別以為你就天下第一了，咱們那點道行還差得遠了。」

王小軍無所謂道：「打得過要打，打不過也要打，這難道不是咱們的常態嗎？」

胡泰來忽然沉聲道：「小軍，我要拜託你一件事。」

王小軍道：「什麼拜託不拜託的，如果你要說的是替你師父報仇這件事，你放心，我有十分力絕不只出九分。」

胡泰來道：「我想說的就是這件事，咱們見到那幫人以後，我請你不要出手。」

王小軍吃驚道：「這是為什麼？」

胡泰來道：「因為這是我們黑虎門的事，該由我這個黑虎門的弟子來做個了斷。」

「可是……」

王小軍一句話沒說完，陳覓覓拽了他一下，誰都知道他想說什麼——胡泰來的師父都敗給了對方，憑老胡的功夫恐怕很難報仇，他不讓王小軍出手，是怕王小軍搞不好把自己也賠上。

王小軍道：「那你叫我們來是為什麼？難道看你被人揍了我們再替你出氣？」

胡泰來道：「我被人揍了你也不能動手，我不阻止你們來，是因為我知道阻止不了，但是我師父的脾氣我最清楚，他這麼久都不叫我回來，除了跟我賭氣之外，最大的原因就是明白就算把我找回來也於事無補，但是作為徒弟，我不能不回來，這是江湖比武又不是仇殺，如果我輸了那也認栽，再過五年十年我把功夫練好了，這個場子我自己找回來，我師父一定也是一樣的想法。」

王小軍鬱悶道：「老胡，你有時候很迂腐你知道嗎？」

胡泰來笑道：「我知道，可是只有這麼做我師父才會原諒我，我要是帶著朋友把對方挑了，他非把我逐出師門不可。」

陳覓覓也勸道：「老胡，萬事抬不過一個理字，既然是江湖事，那江湖人就都該管，如果任由弱肉強食的事情發生，那武林不是變成混蛋地方了嗎？」

王小軍吐嘈道：「武林早就烏煙瘴氣了，就老胡還冥頑不化。」

胡泰來不溫不惱道：「這件事只能這麼辦，雷登爾最近給我發了很多拳擊訓練資料，對實戰很有幫助，說句開玩笑的話，我也是學過秘笈的人了。」

王小軍道：「你師父聽了非得拿耳刮子抽你，放著老祖宗幾千年的好玩意不學，崇洋媚外，中國武術和外國搏擊不一直都水火不容的嗎？」

「我就是想讓它們容起來——」胡泰來感慨地道：「我最近想了很多，黑虎門的根基來自於戰場格鬥術，也就是說，我們追求的就是簡單直接的實用武術，而中國功夫傳承千年，其實更注重武者的修養和對境界的提升，這當然是很好的，但並不適合黑虎門，我們這麼多年來確實存在故步自封和搞不清自己到底想要什麼的問題，招式不夠簡潔、訓練太過單一，長跑運動員可不能光練腿啊。」

王小軍道：「壞了，老胡要從氣派轉劍派了，你是不是以後都不打算蹲馬步了？」

胡泰來沉思道：「當然不是，我只是想讓中西合璧，讓黑虎門成為一門現代功夫而已，我認為要正視我們的不足，揚長避短、結合傳統技法和科學，武者的內在修養是靠自覺和開闊的胸懷來體現的，可不是每天必須練夠多少個小時、出多少汗這種苦行僧式的自我催眠就能做到的。」

王小軍不以為然地道：「說著說著你還成大師了，你要是真務實，就讓我把打傷你師父的老傢伙拍在地上。」

胡泰來笑道：「我不是說了嗎，面對失敗也是武者修養的一部分，況且我未必一定會輸。」

唐思思心虛地道：「你是因為我才沒能接任掌門的，你師父見了我會不會把我臭罵一頓，然後把你趕出去啊？」

胡泰來道：「不會的，一來他捨不得，二來現在黑虎門需要我。」

王小軍不留情地道：「你師父可是把掌門的位子都給了別人了。」

胡泰來道：「那有什麼關係，我來做黑虎門的『韓敏』好了。」

唐思思無奈道：「可是看你那個掌門師弟也沒江輕霞那兩把刷子。」

胡泰來不再多說，伸過手按住王小軍的肩膀道：「所以小軍，請你一定答應我。」

王小軍嘆氣道：「我還能說啥呢?!」便自顧閉目養神了。

王小軍再睜眼時，已經是深夜，車外是連綿不絕的山脈，他發現山脈裡有星星點點的燈光在閃動，不禁問胡泰來：「那些是什麼地方？」

胡泰來道：「那都是採玉的工廠，這地方產玉。」

下了高速公路後，車子開進一處小鎮規模的地方，胡泰來瞪著兩眼，看來有點百感交集。

胡泰來讓陳覓覓把車停在一家大院的門口，靜靜地看著院門，唐思思小心地問：「你師父就住這裡嗎？」

胡泰來點點頭，忽然咬了咬牙道：「咱們還是別進去了，走吧。」

眾人一起道：「為什麼？」大家都知道祁青樹在和他賭氣，但也都能體會到他們師徒情深，雖然時間很晚了，但再怎麼樣，祁青樹絕沒有真把他趕出來的道理。

胡泰來道：「我師父要是知道我回來，必然攔著不讓我去找那些人，咱

們先斬後奏，算完帳再說！」

王小軍懶懶道：「要是以前我肯定說你這是高見，不過既然跟我沒關係，那便隨你吧。」

唐思思道：「那我們現在去哪兒？或者說去哪找那些人？」

陳覓覓道：「要不你先聯繫一兩個你的師兄弟？」

胡泰來搖頭道：「這種事不能電話說，否則誰也不敢不告訴我師父就做主——這樣吧，我們黑虎門在鎮上有座武館，咱們先去那裡等著，明天一早我親自見了師弟們，讓他們帶我去找人。」

仍舊是胡泰來指路，車到空闊地，王小軍回頭問胡泰來：「你們的武館是叫『勁爆』武館嗎？」

「不是，為什麼這麼問？」胡泰來納悶道。

王小軍無聲地指了指上面，原來在兩根電線桿間，一幅巨大的海報正凌空招展，上面畫著兩個勁裝漢子正在格鬥，海報上一排大字寫著：勁爆武館，火爆招募學員中。

陳覓覓驚道：「這勁爆武館不會是……那幫人開的吧？」眾人瞬間想到一起去了。

王小軍探出頭去，就著路燈的光亮念著海報上的字：「在新華路多少號……看不清。」

胡泰來道：「我知道在哪兒，跟著我走。」

他指揮陳覓覓拐上一條寬闊的馬路，一路上，每隔一段距離就能看到勁爆武館的大幅廣告，這幫人可謂聲勢浩大，也下了血本。

車子終於停在「勁爆武館」門口，門前擺滿了花籃，附近的路燈掛著條幅，看樣子明天就要開業了。這會兒因為是深更半夜，所以四下空無一人。

王小軍道：「一山不容二虎，咱們趁現在把花籃都給砸了！」

唐思思道：「你怎麼知道這家武館就是那幫人開的？」

胡泰來咬牙切齒道：「因為這裡以前是我們黑虎門的武館！」

眾人面面相覷，唐思思叫道：「欺人太甚！打了人不說，居然還鳩占鵲巢，這不是明搶嗎？」

陳覓覓也低聲道：「殺人不過頭點地，這幫人做得太過分了。」

胡泰來下車，站在「勁爆武館」那四個大字下，沉默無語。

王小軍勸道：「老胡，上車睡會吧，眼瞅天就亮了，明天又是一場惡戰。」

胡泰來想想有理，一言不發地回到車上躺了下來。

第二天王小軍被一陣猛烈的敲車聲驚醒。

王小軍雙眼血紅地坐起來，怒道：「幹什麼？」

拍車的人身穿黑底白字的勁裝，胸口印著「勁爆」兩個字，手裡拿著一大疊傳單，又把其中一張拍在玻璃上，喊道：「勁爆武館，瞭解一下！」

王小軍幾乎沒經過腦子就喊：「不瞭解！」

「勁爆武館？」這時陳覓覓也醒了。

王小軍這才搖下車窗，把那張傳單抽了進來，馬路上人來人往，似乎都是奔勁爆武館開業來的，兩邊街口各有武館的人在分發傳單。

發傳單的漢子又拍了拍車頂道：「還有，你這車停別處去，別擋路！」

「你輕點！」陳覓覓心疼道。

「一會兒再找你算帳！」王小軍喃咕著，開車往馬路後邊走。

才停車的工夫，前街已是人潮洶湧，人們就像趕廟會一樣蜂擁而至，看來勁爆武館前段時間做足了工夫，而且大家都知道他們是霸佔了黑虎門的地方，於是都來看熱鬧。

四人往大門口走的時候，又遇上好幾個發傳單的，其中一個看見唐思思和陳覓覓，便嬉皮笑臉道：「小姐可以免費學半年哦。」

他一旁的人立刻壞笑道：「這麼漂亮的，可以終身免費哦。」

唐思思生怕胡泰來爆發，上前攙住他的胳膊。

陳覓覓疑惑道：「怎麼看著不像正經地方？」

王小軍結論道：「地方是正經地方，就是人不正經。」他和陳覓覓心裡都轉著一個念頭——對方既然能憑武力強佔黑虎門的地盤，按說不該是無名小輩才對，可是看這些人的言談舉止卻像是小混混一樣。

王小軍低聲道：「老胡，一會兒進去先不急打，看看他們底細再說。」

胡泰來點點頭：「好。」

這時勁爆武館的大門已經敞開，裡面有人高喊吉時已到，弟子們就把點燃的鞭炮扔在當街，人群頓時出現一陣騷亂，那些弟子們洋洋得意，像幹了什麼露臉的事一樣。

第四章

今世高手

祁青樹道：「那群人領頭的是個老者，他先派手下弟子挑戰，結果你那些不肖師兄弟們竟然連輸了七局，我這才知道遇上高手了，我與那老者下場比試，第五十招上傷在了他掌下。」

胡泰來急忙問：「這些人用的什麼功夫？」

一行人隨著看熱鬧的人進了大門，武館一進來是個前廳，接著就到了後院，院子寬敞無比，比鐵掌幫前後院加起來還大不少，這會兒被人潮圍得裡三層外三層，王小軍慢慢擠到前面，見院中一個不到四十歲的漢子打著赤膊，正在一群勁裝弟子的簇擁下發表演講。

這漢子膚色黝黑，他衝四下一抱拳，露出滿嘴黃牙道：「各位來賓，今天是我們勁爆武館開張的日子，武館是幹什麼的？教功夫的，兄弟我初來乍到，可能沒幾個人認識，可是這家武館以前的館主是誰，本地人應該都不陌生。」

人群裡就有人竊竊私語道：「以前誰呀？」

當下立刻有三五個人道：「以前這是黑虎門的場子，祁青樹祁老爺子你不知道嗎？」

「哦！這麼說，這是祁老爺子和人合開了一家新武館？」

說這話的人頓時被周圍群眾一起白眼。

「什麼呀，是黑虎門被這家武館的館主給挑了，祁青樹也給人打敗了！」

「啊？祁青樹功夫不是很高嗎？黑虎門在咱們這幾十年了，打我爺爺那輩就有，怎麼讓外人給挑了呢？」

「祁青樹老了唄，老虎不也有老的時候嘛？」

「那他的徒弟呢？」

「哎，看樣子是沒一個成器的，這新館主年紀不大，說明人家是有真本事。」

「黑虎門給人欺負到頭上來了，今天人家占著他們以前的地方開業，他們居然連屁也不敢放一個？」

「技不如人還說什麼，難道真來放一個屁就走？那不成笑話了嗎？」

那赤膊中年人聽人們議論紛紛，滿臉得意道：「沒錯，以前這是黑虎門的場子，祁青樹大家想必都知道，我跟他比武，僥倖贏了那麼一兩招，兄弟對他沒有任何意見，不過教功夫嘛，我們是想把真東西教給大家，而且一個地方也沒必要開兩家武館，所以就把這地方盤下來了，以後大家想學功夫儘管來，還希望大家多多替我們勁爆武館宣傳，我在這多謝啦。」

陳覓覓皺眉道：「打敗祁青樹的絕對不是這人。」

胡泰來雙拳緊握道：「敢說我師父的壞話，我先去領教領教他的本事。」

胡泰來剛想上前，不料這中年漢子卻自顧自地把手放在耳朵邊上道：

「什麼？你問我有什麼資格這麼說？我有什麼真本事？兄弟我這些年腳

踢南山敬老院，拳打北海幼稚園，生吃黃瓜活劈蛤蟆……」

這漢子的初衷大概是想說個笑話活絡一下氣氛，但大家都對這種老梗不怎麼來電，漢子見冷場了，馬上恢復狀態道：「你們說，你們想看什麼真本事？」

觀眾們面面相覷，漢子道：「你們不說，我可就自己做主了，這就給你們表演一個絕的！」

王小軍問陳覓覓：「你說他有真本事嗎？」

陳覓覓疑惑道：「我現在真糊塗了，看他腳步虛浮，說話中氣都不足，不過絕頂高手這些表象都可以偽裝，他說要表演一個絕的，那就說明他自信可以壓服眾人。」

漢子自說完上句之後，忽然亮出雙掌在胸前一擺，隨之眼睛發出一陣精光，然後把雙掌各舉過左右側頭頂，下身做出弓步的樣子。

唐思思凝神道：「這是什麼掌法？」

她話音未落，這漢子馬上用巴掌在全身上下劈裡啪啦地拍打起來，王小軍失笑道：「自摸掌。」

待把上身打得通紅，這漢子丹田穴暴漲，厲聲喝道：「抬上來！」

王小軍又問陳覓覓：「你猜是什麼？」

陳覓覓好笑道：「我猜是一塊石板和一把大錘。」

王小軍踮腳看了一眼，面無表情道：「你猜對了。」

場地中間，兩個勁裝弟子抬著一面厚達四五公分的石板吭哧吭哧地走過來，還有一個弟子舉著大錘顧盼自若地出場，陳覓覓幾乎一口老血噴出來。

那漢子滿臉憋得血紅，似乎真的在頂著一口真氣，他慢慢躺在地上，示意那兩個弟子把石板壓在自己身上。胡泰來再也忍不了了，撥開眾人走上前去，對那倆弟子擺手道：「慢著。」

那漢子見有人搗亂，躺在地上揮舞著雙手煽動群眾：「各位，胸口碎大石想不想看？」

圍觀的群眾見瞧不上熱鬧了，紛紛指責胡泰來。

王小軍上前一掌把那塊石板拍碎，隨即又走回人群，那漢子的表情頓時凝固在臉上，胡泰來俯視著他道：「你也起來跟我說話吧。」

那漢子見王小軍露了這麼一手，又被胡泰來打斷，爬起來訕訕道：「你想怎麼樣？」

圍觀的人們紛紛對著胡泰來戳戳點點。

胡泰來道：「我是黑虎門的胡泰來，剛才聽說你打敗了我師父，所以想來跟你討教一下。」

眾人一聽頓時又來了精神，有人上門踢館，那才有真熱鬧可看，當下不少人起鬨叫好。

那漢子看看王小軍又看看胡泰來道：「確定是你跟我打嗎？」

胡泰來道：「我跟你打。」

那漢子又道：「那咱們說好，我就跟你比一場，要是你輸了，再有別人上我可不奉陪了。」

胡泰來道：「好，就我一個人跟你們打，不關別人的事。」

漢子這才放心，拉胳膊伸腿地熱身，不多時身上就起了一層細密的汗珠，看著油亮亮的倒是很有幾分威勢。

胡泰來道：「你準備好了嗎？」

那漢子道：「一看你就是外行，我還沒運好氣呢。」說著他蹲了個馬步，兩條胳膊在身側來回擺動，臉色顏色忽紅忽白的。

人群裡有人悚然道：「這是真功夫。」

王小軍問陳覓覓：「這功夫怎麼樣？」

陳覓覓一笑道：「還不錯──在耍把式的裡來講。」

唐思思問：「難道這人沒一點真本事？」

陳覓覓道：「你們看著就知道了。」

那漢子又運了半天功，胡泰來有點不耐煩道：「你準備好了沒？」

那漢子自信滿滿道：「準備好……」

他話音未落，胡泰來上前一拳把他打倒在地。這一下不但胡泰來自己大感意外，連等著起鬨的群眾也錯愕萬分，原以為是一場龍虎鬥，沒想到一招結束……

那漢子在地上滾了幾圈才停，臉上鼻血直接噴得前胸都是，胡泰來上前一步想問個明白，那漢子坐在地上連連擺手求饒道：「你別過來，我只是個打把式賣藝被人請來活絡氣氛的……」

胡泰來道：「那我師父──」

那漢子哭喪著臉道：「我壓根就不認識你師父，是他們請我來的！」說著一指身後那排勁裝弟子。

他一骨碌爬起來跑到那群弟子為首的那個面前，帶著哭音道，「兄弟，我算仁至義盡了，早知道還得挨打，一千塊錢我可不來。」

為首的青年三十歲上下年紀，徑直走到胡泰來面前，冷冷道：「黑虎門的是吧，你師父沒告訴你們願賭服輸，這段時間不許惹事嗎？」

胡泰來道：「我師父說這話的時候我並不在場，所以不知道。」

那青年冷峻道：「好，人在江湖到底是要靠拳腳來說話的，既然你不服，那我就打到你服！」

胡泰來道：「甚好，那胡某得罪了。」

那青年一擺手示意胡泰來稍等，接著一挺腰胸脯暴漲，瞬間把衣服上的扣子崩飛，接著他扯住袖口，呼啦一下直接把上衣扯脫，露出壯觀的六塊腹肌！人群裡頓時爆發出一片喝彩。

那青年這才驕矜道：「請！」

「呼——」胡泰來一拳擊出，那青年抬手一架，接著被震出十幾步遠，他身子一趔趄，急忙調整姿勢站好，胡泰來跟身進步，舉著拳頭就要打第二下，那青年雙手平舉在胸前，也不知道要用什麼高明的招式化解，眾人翹首以待的工夫，他已經喊了出來：「且慢！」

胡泰來愕然道：「怎麼了？」

那青年一瘸一拐道：「我腳扭到了！」

胡泰來無語道：「那你想怎樣？」

那青年俯身在腳子上捏了幾下，隨即立正站好，眾人都以為他要繼續，不料他乾脆俐落道：「是在下輸了！」

眾人絕倒……

對方既已認輸，胡泰來也不好得理不饒人，不耐煩地道：「下一場誰來？」

那青年回頭喊道：「大師兄，看來你不出手不行了！」

那排勁裝弟子之中走出一個三十五六歲的大塊頭來，他面色沉穩地走過來，先呵斥道：「你怎麼這麼不小心，退下吧！」

青年面帶慚色地退回去，大師兄斜眼打量著胡泰來道：「看來你也有幾分本事，不過遇上我就沒那麼好運氣了。」

胡泰來認真道：「那最好——你也需要準備時間嗎？」

「馬上就好！」大師兄言畢，十指交扣，把雙臂伸到了胸前，接著保持原樣不變一直延伸到背後，換言之，他可以讓肩軸活動一百八十度，圍觀的人們又是一陣叫好。

陳覓覓滿臉迷茫道：「聽丁侯說，打傷祁青樹的雖然是個老頭，但是手下一幫弟子也都很厲害，可是這幫人怎麼看怎麼不像那麼回事。」

胡泰來看著大師兄把胳膊前前後後轉了個遍這才道：「你準備好了嗎？」

大師兄也不說話，冷不丁揮拳朝胡泰來打去，胡泰來後發先至，一拳打在他肩窩裡，大師兄身子一歪，就勢坐在地上道：「不打了，你這個人卑鄙無恥！」

胡泰來納悶道：「我怎麼卑鄙無恥了？」

大師兄道：「你看我胳膊特別靈活，知道我有容易脫臼的毛病，所以故意往我肩膀上打，不是卑鄙無恥是什麼？」

胡泰來無語道：「這麼說還是我的不對？」

大師兄強辯道：「當然是你的不對，難道還是我的不對？下次先講好不能打肩膀，我再與你大戰三百回合！」

王小軍道：「那這次呢？是『在下輸了』吧？」

大師兄回頭道：「三師弟，你來對付他！」他對胡泰來說，「我雖然是大師兄，可我們師門裡老三功夫最好，你不要得意！」

胡泰來苦笑道：「但願，你讓他出來吧。」

這時，從隊伍裡走出一個精瘦的青年，活蹦亂跳地來到胡泰來身前，不等胡泰來問，四下的觀眾已經齊聲道：「你用做準備嗎？」大家也看出來，新武館這幫人真本事沒有，但每人都有一項搞笑的絕活。

三師弟也不搭話，「哈」的一聲把左腳撇上頭頂，來了個空中一字馬。四下掌聲如雷。

胡泰來哭笑不得道：「你要準備好了就來吧。」

三師弟後退一步，隨即騰空而起，一腳飛踹胡泰來心口，胡泰來抓住他腳脖子一提，肩膀一扛，把他遠遠地扔進了人群。

胡泰來這三場架打得有點像短跑比賽——只有賽前的準備過程是扣人心弦引人注目的，比賽槍一響，觀眾來不及反應就結束了。

老胡內心也很崩潰，他現在需要的是一場酣暢淋漓的戰鬥，哪怕被人揍了也好，可是眼下既不酣暢也不淋漓，胡泰來滿心憤懣，喝道：「不用麻煩啦，你們一起上吧！」

「你說真的？」弟子們中有人不可置信道。

胡泰來道：「請！」

「一會兒你別說我們欺負你。」

胡泰來懶得多說，只是招招手。

「兄弟們，一起上啊！」勁爆武館的弟子們呼啦一下從四面八方圍上來。

陳覓覓搖頭道：「以為人多就一定能打贏人少的，恰恰說明這幫人沒學過什麼真功夫。」

王小軍納悶：「難道打敗祁青樹的是另一撥人？」

說話間，場上的戰鬥也開始了，勁爆武館的弟子們可謂花樣百出，各顯神通，被將近二十個人圍著，胡泰來居然連閃轉騰挪的功夫都沒用，只見他一拳一個，砰砰連響，一圈打完就躺倒一片，後面的人飛快地補上來，又飛快地被打飛出去。

觀眾轟然叫好，說到底人們還是同情弱者的，黑虎門平白無故被人踢了館，很多人本來就忿忿不平，而且黑虎門在本地根深蒂固，人們在看熱鬧之前其實已經先站好了隊，所以這時發自內心的痛快叫好。

剩下幾個勁爆武館的人一見基本無望，轉身要跑，頓時被圍觀的人們堵了回來，有人叫道：「你們不是能打嗎？打啊。」

那幾個人尷尬地看著胡泰來，垂著手連反抗的勇氣也沒有了。

胡泰來也不為難他們，沉聲道：「你們的師父呢？」

那幾人包括躺在地上的，都不約而同地露出了迷茫的神色：「師父？」

胡泰來道：「你們是哪門哪派的？」

這回眾弟子都下意識地把目光集中在脫衣俠、肩軸客和一字馬身上，胡泰來心知蹊蹺，道：「你們三個，還有你們這些人，都隨我去屋裡說話！」

三兄弟和一干弟子不敢違抗，乖乖進了對面一間大屋。

胡泰來衝四下抱拳道：「各位父老，我們黑虎門在本地從不敢作威作福，在功夫上更是兢兢業業，這次的事，我查清楚後一定給大家一個交代，但是我要重申一點，我們黑虎門門人絕不是欺世盜名之輩。」

眾人鼓掌叫好，胡泰來這才轉身進了大屋，王小軍他們也跟了進去。

屋裡的人正忐忑不安地站了一圈，有的按著鼻子止血，有的揉著胳膊腿，空氣裡瀰漫著一股傷兵敗將的氣氛。胡泰來問：「這裡誰能做主？」

所有人都指著能把肩軸轉一百八十度的大師兄道：「他！」

大師兄哭喪著臉道：「胡大俠，我想這裡肯定有誤會。」

胡泰來道：「你們三個看來是同門，那麼其他人跟你們是什麼關係？」

不等大師兄說話，四下的人紛紛道：「我們之前根本不認識他們。」

胡泰來示意他們閉嘴，又問大師兄道：「那你們的師父是誰？」

大師兄訥訥道：「我們師父是太平鎮的王磊。」

胡泰來詫異道：「王磊是你們師父？」

王小軍急忙問：「怎麼，難道是世外高人？」

胡泰來臉上呈現出哭笑不得的表情，小聲道：「這人一瓶子不滿半瓶子晃蕩，在老家開了間武館混日子，用我師父的話說，孩子十歲以前擱他那啟蒙還行，十歲以後還跟著他，那就是誤人子弟了。」

唐思思道：「你師父這麼刻薄？」

胡泰來攤手道：「他說的也是實情，太平鎮跟我們同省，不過離著十萬八千里，我師父雖然看不慣他，倒也不去找他麻煩，兩家老死不相往來，王磊的弟子怎麼反而尋我們黑虎門的晦氣來了？」

陳覓覓結論道：「這麼說來，王磊別說沒這個膽子，就算有，那他也沒這個本事？」

胡泰來點頭：「這事絕不是王磊能幹得了的——」他又問屋裡其他的人，「你們又是什麼門派的？」

當下有人道：「我沒門沒派，就練過半年散打。」「我練過一個月跆拳道。」「我跟體育老師學過大洪拳。」

這些人的話聽得王小軍他們大跌眼鏡，原來這幫人裡壓根就沒有正經跟師父學過功夫的，而且各行各業五花八門都有，在這種情況下，王磊的三個徒弟稱得上是科班的武林人士了，所以這裡都由他們三個說了算。

王小軍問道：「你們以前互相認識嗎？」

大師兄搖頭道：「不認識，這些人都是我們臨時抓來的。」

唐思思道：「也就是說，你們三個招募了一幫二流子，然後開了家武館想騙人錢？」

其中一個身段特別妖嬈的後生忍不住道：「妹子你別這麼說呀，我們也很有良心的好吧，哪家武館既教功夫又教廚技還教修理摩托車？」

陳覓覓忍著笑道：「你能教什麼？」

後生扭著腰肢道：「我能教跳舞，稍微改造一下還能帶瑜伽課。」

胡泰來怒道：「上門挑戰我師父的是誰？」

大師兄慌忙道：「不是我們。」

胡泰來道：「我知道不是你們，誰在幕後指使你們的？」

大師兄道：「大概二十多天以前，有人找到我們三兄弟，說要送家武館給我們，一切費用都由他們承擔，賺的錢歸我們，這樣的好事我們自然是滿口子答應下來了。」

陳覓覓研判道：「那幫人挑戰黑虎門是半個月以前，說明他們動手之前就籌備好一切了，只是不知道有什麼意圖。」

大師兄接著道：「又過了幾天，那人說武館已經給我們找好了，我那時才知道他是搶了黑虎門的地盤，有心不來，可是騎虎難下；而且那人說了，黑虎門答應以後不會來找事，沒想到你們還是來了。」

王小軍握拳道：「怪我們咯？」

大師兄嘿然道：「不敢，可是天上掉餡餅的事誰捨得放手呢？我們還尋思就算這武館只幹一個月也能收不少學費，結果你們開業就來了……」

胡泰來道：「跟你聯繫那人呢？」

大師兄道：「那人把武館交給我們以後就失蹤了。」

陳覓覓道：「人家把這麼好的事交到你們手上，你們居然也安之若素地接受，然後也不多想？」

大師兄聳聳肩：「他一沒要保證金，二沒扣證件，我怕什麼？又不會少塊肉。」

胡泰來又盤問了大師兄很久，當初聯繫他們的人不但沒有再出現，而且電話也打不通了，看樣子他們是真的什麼都不知道了。

就在這時，門口一陣騷動，十幾條漢子撥開人群闖了進來，有人大聲道：「師兄，你在裡面嗎？」

胡泰來聞聲道：「是三師弟嗎？」

十幾條漢子瞬間衝進屋來，為首的漢子留著三分頭，一身肌肉，見了胡泰來激動道：「師兄，你終於回來了！」他身後那些人也一起圍了上來，紛紛招呼。

胡泰來介紹道：「這是我三師弟，我們平時都喊他老三。」

老三見屋裡大部分都是勁爆武館的人，頓時喝道：「我們聽說師兄你和這幫人打起來了，所以來助陣！」其他人紛紛道：「師兄你一句話，我們就跟他們拼了！」

胡泰來擺擺手道：「這邊的事已經了了，咱們這就回去見師父。」他對王磊的大徒弟道：「接下來你打算怎麼辦？」

大師兄了無生氣道：「還能怎麼辦，我們這就滾蛋。」

胡泰來對老三道：「這裡面有蹊蹺，你們先跟我去拜見師父。」

黑虎門的一干人出來，圍觀的群眾立刻報以熱烈的掌聲，就如同歡迎凱旋的英雄一樣，這時有人已經把勁爆武館的牌子摘了下來，胡泰來上前一拳

打了個粉碎。眾人又是一陣歡呼。

王小軍嘿然道：「看來砸人招牌這招人們永遠喜聞樂見，老胡以後就是黑虎門的陳真。」

唐思思道：「那還要看『霍元甲』怎麼說。」

一群人簇擁著胡泰來步行往祁青樹家走，路上眾人個個興高采烈，受了半個月的憋屈，今天胡泰來一回來就揚眉吐氣，這幫師兄弟們打心底裡痛快，胡泰來反而眼角眉梢都是心事。

一進祁青樹家的院子，就有人喊了起來：「師父，胡師兄回來了，他一個人就把那幫人挑了！」

胡泰來示意眾人噤聲，走到正屋門口，輕輕敲了敲門，然後小心翼翼道：「師父，我是泰來，我回來了。」

過了一會兒屋裡才傳來一聲輕咳，隨即有腳步聲傳來，胡泰來急忙往後退了幾步站好。

房門一開，祁青樹走了出來，他將將六十歲的年紀，花白的頭髮攏在腦後，一張長臉不苟言笑，看了胡泰來一眼，面無表情道：「回來了？」

雖然只是不冷不淡的一句話，已經出乎王小軍他們的所料，老頭性子暴躁，「回來了」三個字裡包含了問候的因素，可見老頭還是心軟了。

胡泰來眼睛發紅道：「師父……」才短短兩個月不到，他發現師父蒼老了不少。

當下有師兄弟忍不住又道：「師父，胡師兄已經把鬧事那幫人給挑了，他們的武館張也沒開成！」

祁青樹瞪了胡泰來一眼道：「誰讓你去的？」

胡泰來訥訥道：「師父，我……」

祁青樹忽然望著王小軍他們道：「這幾位是？」

胡泰來忙道：「哦，這是王小……」

王小軍硬生生打斷他，滿臉陪笑道：「祁老爺子您好啊，久仰大名，今天一見算是圓了我這小半輩子的願望了！」他一邊說著，一邊使勁衝胡泰來使眼色，胡泰來不明所以，只好順勢介紹了陳覓覓和唐思思。

祁青樹道：「既然是客，那就裡面請吧。」說著先走進去了。

王小軍暗暗鬆了口氣，老三見狀，小聲道：「不用擔心，師父一看就沒真生氣，我們黑虎門有規矩，和人打架一要看是非曲直，二要看打贏打輸，

只要打贏了，一切就都好說，要是沒理又打輸那就完了，後者比前者罪過還大！」

進了屋，祁青樹在正首坐下，也不提和人打架的事，只是淡淡道：「你怎麼想起回來了啊？」這是終究要找後帳。

唐思思上前一步道：「老爺子，你上次讓老胡回來的時候，他是為了救我才違抗了你的命令，那時我家裡要把我嫁給一個我不喜歡的人，這對你來說可能是小事，不過對我來說是一輩子的大事，你要有什麼火就往我身上發！」

胡泰來急忙把她拽了回來。

祁青樹道：「好，既然說明白了那就過去了，不過掌門之位我也傳給別人了，泰來，這件事上你也不要怪我。」

胡泰來道：「不敢，我會盡力幫助丁侯師弟把黑虎門治理好的。」

大家都聽得出祁青樹還在跟胡泰來賭氣。陳覓覓忍不住道：「祁老前輩，老胡他違抗師命也是迫不得已，您辛辛苦苦培養一個接班人不易，何苦自己和自己過不去呢？」

祁青樹看了她一眼道：「那你的意思呢？讓我把掌門的位子重新傳給他

嗎？我要是這麼出爾反爾，以後還怎麼服眾？」

王小軍挑起大拇指道：「老爺子威武，一言九鼎，不愧是武林泰斗，就衝這份胸懷就值得我為您按讚！」

陳覓覓瞪了王小軍一眼，不明白他為什麼不替老胡說話。

別說她莫名其妙，連胡泰來也覺詫異，倒不是因為他不幫自己，而是王小軍自打見了祁青樹就一味吹捧有加，就算他是看在自己面子上對師父尊敬，也不用這麼奴顏婢膝啊。

祁青樹盯著王小軍，忽然道：「你就是王小軍吧？你不是說讓我不服就來打你嗎？」

王小軍笑嘻嘻道：「老爺子，您可是胸懷寬廣的老前輩，不會跟我這種小孩子一般見識吧？」

眾人終於恍然，當初祁青樹打電話叫胡泰來回去的時候，王小軍曾跟老頭起了口舌，所以不讓胡泰來介紹自己，且處處諂媚。

祁青樹哼了聲道：「算了，你這半天都把我捧到天上去了，我要再揪著不放，不成了心胸狹窄的老混蛋了嗎？」

王小軍這才放鬆道：「哪裡哪裡，您就算揍我幾下也是應該的，不過您

肯定不屑打我就是了。」

祁青樹無語道：「泰來，這就是你最近認識的朋友嗎？」

胡泰來認真回道：「師父，我能認識這些朋友都是我的運氣。」接著把如何結識王小軍、受了青城派的毒，上峨眉學纏絲手、怎麼在武當山上碰見陳覓覓以及在西安的事大概講述了一遍，祁青樹聽得幾次動容，臉上的表情也終於活泛了起來，欣慰道：「看來我讓你出去是對的。」

王小軍小聲道：「就是兒大不由爺，出去了就不想回來。」

祁青樹盯著王小軍道：「原來你是鐵掌幫的少幫主，來，咱們院裡走上幾招。」

王小軍抓狂道：「不是說不打了嗎？」

祁青樹道：「是討教！」有其徒必有其師，這老頭也是個武癡。

胡泰來道：「師父，先不忙比武，我有個問題要問您。」

「你說。」

「我得知咱們黑虎門事發，去找那幫人理論，結果發現他們完全不堪一擊……」

祁青樹道：「你這是想讓我誇你嗎？」

王小軍他們也發現，胡泰來違背師命去找人算帳，這事兒祁青樹並不在意，而且就像老三說的，胡泰來打贏以後老頭得意著呢。

胡泰來道：「不是，我聽丁侯說，上門鬧事的人武功都很強，而且有個老者是打傷師父的罪魁禍首，但是和我交手的那幫人勉強只能算三流貨色，我懷疑他們不是一夥的，真正的幕後黑手應該是另有其人。」

陳覓覓道：「祁老前輩，你和那幫人比武的時候，是不是答應過他們什麼？」

祁青樹沉著臉道：「我們以武館作為賭注，約定輸者三個月內不得上門生事。」

陳覓覓聽了道：「好奇怪的約定，按理說他們來別人的地盤上踢館，就該做好被人輪番找上門的準備，為什麼不准人找後帳，而且不多不少是三個月之期？」

王小軍接口道：「還有，他們想要黑虎門的武館，自己也該拿出相應的賭注來啊，合著上來就想空手套白狼，那我直接去找川普比武，他輸了就把白宮給我，你想美國人幹嗎？」

祁青樹嘆了口氣道：「我當時也是抱著這樣的想法，如果是有頭有臉的人怎麼會搞這樣的事端，我自認為他們是群流浪江湖的破落戶，無非就是找個事由討口飯吃，於是也沒多想就一口答應了，想著隨手收拾下來以後招待他們幾天，這樣既不丟黑虎門面子，又不失武林同門的情誼。」

胡泰來點點頭，他知道這符合師父的一貫作風。

陳覓覓道：「後來呢？」

祁青樹道：「那群人領頭的是個老者，他先派手下弟子挑戰，結果你那些不肖師兄弟們竟然連輸了七局，我這才知道遇上高手了，我與那老者下場比試，第五十招時傷在了他掌下。」

胡泰來急忙問：「這些人用的什麼功夫？」

祁青樹皺眉道：「也不知是我老了還是江湖代有新人出，這些人的路數我竟半點也瞧不出端倪，不過隱約能看出他們是有意遮掩，似乎不願意露出本來的武功。」

陳覓覓道：「老爺子，事到如今你還覺得這裡面沒問題嗎？那群人顯然早就揣摩透了你的性子和為人，故意用言語引誘你上當。」

祁青樹打斷她，冷冷道：「就為了搶一個區區的武館嗎？」

「呃——」陳覓覓被嗆了回來，竟然無言以對。對方有這樣的本事，按理說在江湖上必然是赫赫有名的人物，可費盡周折只為了搶奪一間小鎮上的武館，這確實說不過去。

祁青樹對胡泰來道：「人家憑真本事贏了咱們，咱就得認，所以這事我也沒往心裡去，咱們黑虎門偏安一隅坐井觀天，我早想過會有這麼一天，所以才讓你去遊歷江湖。那老者跟我歲數差不多大，我不是他的對手，你未必不行；就算現在不行，最多過四五年，此消彼長，你再去把武館奪回來，這也是你揚名立萬的好機會。」

·第五章·

金玉佛

霹靂姐探頭看了眼傳單，被上面最顯眼的一張照片吸引住了，驚嘆道：「哇，這個金玉佛被吹得好厲害，說什麼價值連城，今年也要參展。」

丁侯聽了道：「金玉佛嗎？我們也早就聽說過，但是沒見過，今年也要參展嗎？」

眾人聽到這兒，除了無語之外，也對胡泰來很有些佩服，老胡對他師父的瞭解，實在已經到了比親生兒子還要深刻的地步，祁青樹這老頭是個十分單純的江湖人，只要別人是憑本事贏了他，他就可以做到不氣不惱。大夥都以為這老頭被人打傷後不定怎麼氣急敗壞呢，結果他倒是淡定得很。當然，這種淡定也只是無奈的淡定，可心高氣傲的他又不屑於和人死纏爛打，只能寄希望於後輩。

胡泰來聽師父殫心竭智都是為了給他以後鋪路，心裡除了感動之外依舊怒火難平，忍不住道：「師父，難道我們真要忍那麼久？」

祁青樹看了他一眼道：「那你覺得呢？平時讓你們好好練功，一個個就會躲懶，現在被人找上門來，知道急了，我反而覺得這對黑虎門未必不是一件好事，人在江湖，哪有不吃虧一路順風就成名成家的？」

王小軍擺手道：「不對呀老爺子，咱們現在說的不是這事，那夥人要是光明正大搶了武館收徒賺錢也就算了，可他們把武館交給一群二流子，自己躲在暗處不知道要搞什麼鬼，如果說是老朋友跟您開玩笑惡作劇可也不像啊！」

祁青樹擺手道：「這事到此為止，我說過的話難道是放屁不成？你們去砸了對方的武館還可以推說不知情，以後這種事不許再幹。」

胡泰來道：「我想會會那個打傷師父的老者。」

祁青樹瞪眼道：「你是翅膀硬了，覺得能傷得了我的人傷不了你嗎？」

胡泰來見師父瞪眼頓時軟了，訥訥道：「不是，只是……」

這時，就聽院裡人們紛紛帶笑招呼道：「掌門回來了？」

陳覓覓一愣之後也笑道：「是猴子到了。」

隨即就聽丁侯的聲音鬼鬼祟祟道：「胡師兄已經到了吧？師父不知道是我報的信吧？」

祁青樹喝道：「猴子，你給我進來！」

徒弟們聽師父發怒，院子裡頓時一片安靜，丁侯拖著沉重的腳步慢慢挪進來，臉上表情忐忑不安。

祁青樹冷冷道：「我說泰來怎麼突然回來了，原來是背地裡有人通風報信！」

丁侯苦著臉道：「師父，我……」

祁青樹揮手道：「算了，你現在也是一派掌門了，我還能拿你怎麼樣？你去吧。」

丁侯偷眼師父，察覺到老頭沒有真生氣，於是這才嘿嘿一笑道：「師父，還有幾個人想要拜見您老人家。」說著衝門口招了招手，不等別人說話，胡泰來先吃驚道：「霹靂，你們怎麼來了？」原來進來的人正是霹靂姐、藍毛還有陳靜。

霹靂姐哈哈一笑道：「我們來幫師父打架啊。」

胡泰來連連擺手道：「不要放肆，還不快拜見師爺？」

霹靂姐毫不遲疑地跪下道：「拜見師爺！」藍毛和陳靜也跟著她跪了下來。

祁青樹滿臉詫異之色，胡泰來尷尬道：「還沒顧上跟師父稟報，這三個是我收的徒弟。」

霹靂姐抬頭看看祁青樹，見老頭不怒自威的樣子，不禁道：「師爺您真帥啊。」

藍毛道：「師爺這就叫老當益壯，寶刀不老，比那些小鮮肉耐看多了。」

陳靜雖然不說話，也躲在後面偷笑。

胡泰來無語道：「師父，這……」

祁青樹愣了一下才溫言道：「都起來吧。」下意識地摸了摸臉，大概這輩子都沒人用「帥」來評價過他。

胡泰來小聲道：「不是不讓你們來嗎？」

霹靂姐道：「師門有難，做徒弟的當然要來——」接著她嘴一癟道，「師父，你跟人打架也不說等著我們。」

藍毛也道：「我們是到了以後才聽說你一個人把對方都給挑了。」

連丁侯也不滿道：「師兄，你不是說過要等我的嗎？」

王小軍看看陳靜道：「那倆是學渣也就算了，你怎麼也跟著湊熱鬧？」

陳靜一伸手：「你答應給我們拍的視頻呢？」

王小軍嘿然道：「你師父打得太快，我都沒顧上拍。」

陳靜哼了一聲：「就知道師叔靠不住。」

胡泰來頭疼道：「好了好了，你們都先出去，趕緊訂票回家去吧。」

祁青樹臉色一沉道：「既然來了，那麼快走幹嘛？都是小姑娘，來了師爺這兒，還不玩幾天再走？」

霹靂姐諂媚地道：「還是師爺對我們好。」

胡泰來趕緊揮手示意她們出去，一臉歉意地道：「師父，我收徒弟也沒跟您商量……」

祁青樹不悅道：「你臨走前我不是告訴你，你已經出師了嗎？收徒自然用不著跟我說。」他看看唐思思道，「那個……泰來收了這麼多女徒弟，你沒意見吧？」

唐思思納悶道：「我為什麼要有意見？」

「你們不是……」

胡泰來紅頭脹臉地咳嗽了幾聲，祁青樹這才明白過來，用恨鐵不成鋼的眼神瞪了胡泰來一眼，不耐煩道：「你們也都出去吧。」

王小軍故意落在最後，臨出門前笑嘻嘻道：「老爺子，唐家小妞給你當徒弟媳婦，看來您是沒意見了？」

祁青樹道：「這姑娘一進門就把泰來沒回來的責任攬在自己身上，說明是個有擔當的姑娘，這門親事我沒意見。」

「那我們也不是『不正經』的朋友了吧？」祁青樹評價胡泰來的朋友用過這幾個字，王小軍一直有些耿耿於懷。

祁青樹隨口道：「嗯，除了你，都還好。」

王小軍耷拉著腦袋出來的時候，霹靂姐她們已經滿院子在認師伯師叔了，胡泰來上面還有幾個師兄，不過不是資質平庸，就是祁青樹早年的掛名弟子，所以胡泰來儼然是大師兄待遇，他的那些師弟年紀都不大，最小的跟霹靂姐等人差不多，都是年輕人，很快就彼此有說有笑起來。

丁侯笑嘻嘻道：「師兄，你怎麼一口氣收了三個漂亮女徒弟？」

胡泰來嘆氣道：「一言難盡。」

霹靂姐道：「什麼一言難盡，這就是緣分吶。」

胡泰來瞪了三姐妹一眼道，「師父的話你們是一句也不聽，往大了說是違抗師命；再說，你們的學業怎麼辦，你們家長都知道你們來這兒嗎？」

藍毛撒嬌道：「師爺可是吩咐了，讓我們玩幾天再走，師父你可不能違抗師命，要好好招待我們。」

丁侯尷尬道：「招待你們是沒問題，就是我們這裡沒山沒水的，也不知道該帶你們去哪兒玩，要逛商場，你們也不必來我們這兒了。」

陳靜低頭看著手裡的宣傳單道：「這個玉石博覽會好像滿不錯，明天就開幕了。」那張傳單上面印得花裡胡哨，一看就是路邊發的。

老三眉飛色舞道：「說起這個還真可以去一去，我們周邊的山裡產玉，這個博覽會每年都開，在全國是很有名的。」

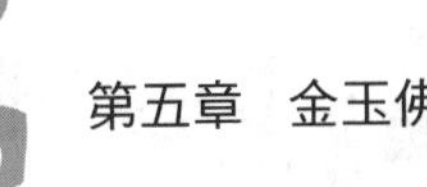

胡泰來也道：「我倒把這個給忘了。」

霹靂姐道：「要票嗎？」

丁侯道：「要什麼票？往年的話，明天開幕，今天晚上我就能帶你們進館裡先看個夠，有看上的直接成本價拿回來。」

藍毛道：「為什麼呀？」

丁侯自豪地道：「往年這個博覽會的保安工作都是由我們黑虎門做的。」

這時霹靂姐探頭看了眼傳單，忽然被上面最顯眼的一張照片吸引住了，驚嘆道：「哇，這個金玉佛被吹得好厲害，說什麼價值連城，今年也要參展。」

丁侯聽了道：「金玉佛嗎？我們也早就聽說過，但是沒見過，今年也要參展嗎？」

霹靂姐照著圖片下面的介紹文念道：

「金玉佛上世紀八十年代在本地被開採而出，玉石輪廓形似坐佛，佛像背後金光點點，乃是天然金礦石顆粒，整尊佛像渾然天成，玉石一水純色，金礦石散布均勻，有佛心廣大、佛光萬丈的寓意，今被我國著名收藏家企業家金信石收藏，金先生這次同意在博覽會展出金玉佛，也是為了讓寶物榮歸故里，以順應這段緣分。」

藍毛道：「這麼看來這個金玉佛還挺了不起的，金和玉天生在一起，而且自然生成了佛像的樣子。」

老三道：「沒錯，據說金玉佛剛被開採出來的時候，還曾送到當時全國最有威望的雕刻師那裡，結果雕刻師也被驚到了，最終是一刀未下，讓寶貝保持了原來的樣子，這東西別說在那些有講究的人那裡，就算咱們這些不信佛的見了也喜歡，說它價值連城可能有點超過，不過我覺得值個十億八億的。」

胡泰來哭笑不得道：「胡話，本來是無價之寶，你非得給它估個價。」

霹靂姐道：「這麼說來，這個寶貝倒是值得咱們去看看。」

陳靜忽然對丁侯道：「掌門師叔，你說往年博覽會的保安工作是由我們黑虎門做的，那今年呢？」

丁侯尷尬道：「今年……你師爺把武館和這份工一併輸給那幫踢場子的人了。」

此言一出，王小軍和陳覓覓對視了一眼，陳靜默默地看著胡泰來，胡泰來一頓之後懊惱道：「師父糊塗啊，這事責任重大，怎麼能輕易交給陌生人呢？」

丁侯道：「師父說了，那幫人武功既然比咱們高，咱們再霸著這個位子沒地讓人嘲笑……」

老三也道：「師父的脾氣你是知道的，一來他覺得武功比他高的沒壞人，二來死要面子，最主要的，以往的博覽會無非就是買賣石頭的集貿市場，誰知道今年要來個大咖，不過話說回來，就算出事也是那幫人頂缸，我們樂得看好戲。」

胡泰來道：「話可不是這麼說，咱們黑虎門之所以能接到這種活兒，那是因為本地從上到下都對咱們知根知底，現在師父等於把活兒給外包了，那就是做了擔保，出了事，你覺得咱們能脫得了干係嗎？」

王小軍晃著腦袋道：「我不明白，像這種保安工作怎麼會輪到你們這種非官方機構？」

胡泰來解釋道：「我們黑虎門自古就在本地活動，有時候也會和政府合作，況且這地方又沒有正經的安保公司，像這種半官方半民間的場合向來是由我們配合執勤的。」

王小軍點頭道：「原來如此。」

胡泰來又道：「這幫人搶了我們的武館和執勤的活兒，你們猜明天開幕他們會不會親自去？」

陳靜道：「師父，你是懷疑他們奔著金玉佛參展我們是剛知道，他們怎麼可能提前曉得？」

丁侯嚇了一跳道：「不會吧，金玉佛去的？」

末了，他小心翼翼道：「師兄，師父既然已經答應過那幫人了，咱們明天可就不好出現了，否則碰見弄個不好看，師父又要發脾氣。」

胡泰來一笑道：「我就是瞎猜而已。」

當下黑虎門的師兄弟們有的做飯，有的替王小軍他們收拾屋子，胡泰來雖然小勝一局，但想著還是給人騎在頭上，眾人情緒都不太高。

吃飯時，王小軍湊近胡泰來小聲道：「老胡，明天你到底打算怎麼辦？」

胡泰來道：「這事我總覺得不踏實，我那幫師兄弟和對方交過手不方便露面，只有咱們幾個是生臉，明天你們陪我去展會看看。」

胡泰來看了一眼唐思思道，「思思明天不用去了。」

唐思思不悅道：「嫌我累贅是不是？」

胡泰來道：「我是怕萬一，這幫人武功很高，又透著邪性……」

唐思思撇嘴道：「你還不是嫌我？既然這樣，我趁早回家算了，跟著你們光給人添麻煩。」

胡泰來愕然道：「你回家去幹什麼？」

唐思思著惱道：「你們一個個有爸有師父，就我有家不能回，可這樣就該被瞧不起嗎？」

胡泰來訥訥道：「我不是這個意思……」

王小軍知道唐思思大小姐脾氣又犯了，老胡不讓她去是怕危險，可她東拉西扯，跟女人又沒法講理，於是撞了胡泰來一下，胡泰來無奈道：「好吧，你跟著去就是了。」

唐思思賭氣道：「你讓我去我就去啊，我還不稀罕去呢！」說著把碗一放，逕自走了。

胡泰來滿臉錯愕，王小軍道：「沒事，我和覓覓稀罕去，她不去正好。」

第二天一大早，王小軍和胡泰來悄悄從屋裡出來，陳覓覓已經在院子裡等著他們了，三個人一見均是心中偷笑，很有默契地不出聲音往門口走。

不料剛走到院子口，霹靂姐帶著兩個師妹一起跳出來，大喝一聲道：

「師父！」

胡泰來急忙示意她們安靜，頭皮發麻道：「你們怎麼起這麼早？」

藍毛笑道：「我二師姐猜到一大早會有人偷偷去會展，所以我們就在這守株待兔！」

陳靜只是安靜地笑著，胡泰來無語道：「看不出你還是個狗頭軍師——」他怕驚動了別人，小聲道，「跟我走可以，一切聽令！」三個女孩使勁點頭。

胡泰來看看唐思思的房門，猶豫了片刻道：「咱們走吧。」

陳覓覓道：「真不叫思思了？」

就在這時，唐思思忽然從院外走了進來，臉上已經恢復了燦爛的表情道：「咱們這是要走了嗎？」

胡泰來詫異道：「你去哪裡了？」

唐思思翻個白眼道：「為了防止給人家看不起，我去找了點武器。」

眾人見她身無長物，不禁道：「什麼武器？」

唐思思拍了拍隨身的小包道：「這是秘密！」

王小軍道：「你把我們家覓覓裝包裡啦？」

霹靂姐無語道：「師叔，你這個笑話有點冷……」

出發時，王小軍和唐思思上了陳覓覓的車，霹靂姐等人怕師父甩掉自

己，拉著他去路邊搭車。

但是這種小城鎮的清晨是很少有計程車的，王小軍打開手機導航道：「咱們先走吧。」

在路上，唐思思道：「你們說老胡的猜測靠譜嗎？一群武林高手難道真的為了搶一塊石頭布下這麼大的局？」

王小軍道：「這有什麼不可能的，練十年苦功學了一身好功夫，結果入社會給人端盤子洗碗，一個月才一兩千塊，現在的年輕人誰肯幹？幹一票大的這輩子就夠了，對你沒有誘惑力嗎？」

唐思思反問道：「那你怎麼不幹？」

王小軍笑嘻嘻道：「像我這種天賦異稟的天才少年，學武功是愛好，才不稀罕用它做壞事呢。」

陳覓覓笑道：「這其實就是武林裡最常見的問題，選徒弟要選人品好的，不過人品這種東西又很難說，很多人小時候看著品學兼優，尊師重道的，說不定遇上什麼事就導致心理變態；這種人要是資質愚鈍也就罷了，萬一是武學奇才，那就是一場武林浩劫。」

王小軍拍拍胸口道：「還好還好，我沒有變態，不然以我的資質，武林就算萬劫不復了。」

陳覓覓笑罵道：「呸！」話題一轉道：「不過老胡現在是越來越像掌門人了。」

唐思思道：「何以見得？」

陳覓覓道：「以前他只知道四處找人挑戰，就算是虛心求教也只是一個武癡而已，可現在你看，他處處都在替黑虎門考慮，這種責任感可不是人人都有的。」

王小軍別有用心道：「老胡智商不低，就是情商不大行，他要喜歡一個女孩，那女孩可能很久之後都不知道！」

唐思思探過頭來八卦道：「你們是不是從他師兄弟那裡打聽到什麼了，難道他喜歡的女孩就在本地？」

王小軍無奈地和陳覓覓對視了一眼，道：「我看你情商也不高！」

因為來得早，陳覓覓找到一個緊挨著馬路邊出入方便的車位，幾人不由自主地跟著人群慢慢走到會場臺階上。

王小軍特意觀察了一下現場的保安，門口有兩個，臺階下面有四個，都戴著墨鏡面無表情地垂手站立，從身姿上就能看出跟一般人不一樣。

因為入場不需要門票，大把的人擠在門口，等著一開門好先搶佔個好位置一睹為快，後面的人則不甘心地擁堵上來，十分混亂，這些保安既不維持秩序也不管理人們排隊，只是身形如鐵的佇立在人群中，浪打不動，猶如六根木樁。

這時周邊的人群開始歡呼起來，兩輛汽車開近，前面一輛是輛豪華轎車，後面的則是特警的執勤車，兩輛車停在門口臺階的正下方，豪車的門一開，一位風度翩翩的白髮老者在一男一女兩個助理的陪同下走了出來，有人立即說這就是金玉佛的擁有者金信石，圍觀群眾頓時鼓起掌來。

這時臺階下的六個保安像忽然回了魂一樣，一起摒開人群，為金信石開出一條通往會場的道路，金信石滿面帶笑揮手致意，緩緩走到門口，側立在兩邊的保安為他打開大門，順便揮手攔住想趁機往裡衝的群眾，人浪在他們面前竟然半點也逾越不了。

陳覓覓點頭道：「果然都是會功夫的高手！」

接著，四個荷槍實彈的特警戰士也下了車，他們簇擁著中間一個特警，他的手和一個箱子拷在一起，五個人隨後往臺階上走來。圍觀的人們頓時議論紛紛：「箱子裡就是金玉佛！」

王小軍看到特警後，莫名地覺得有些不安，當他看向陳覓覓時，發現陳覓覓也正目光灼灼地盯著臺階下面。

站在通往會場門口必經之路的四個保安背對群眾各自退了幾步，給那五個特警戰士讓出一條道路，戰士們圍護著箱子快步往場館走去，當他們恰好經過四個保安圍成的圈子時，那四個人冷不丁一起動了！

他們身如獵豹一樣各撲向一個特警，或用拳或用掌同一時間襲中獵物，四個特警在猝不及防之下身遭重擊，幾乎是同時倒地，那手提箱子的特警一愣神的工夫也被前後夾擊而倒，其中一個保安拽住手銬兩端喝了一聲，手銬戛然而斷，他搶過箱子大步衝下臺階，身後另外三個人推開圍觀群眾，猶如一把鋒利的錐子快速穿刺出去，與此用時，一輛越野車呼嘯而止，急剎停在他們正前方，四個人片刻不停地衝上了馬路！

這一切不過是在數秒之間發生，王小軍站在臺階上居高臨下地盡收眼底，他只覺電光火石的一剎那，箱子就像被一頭突然殺出來的怪獸吞了進去，再轉眼那車已經衝出老遠。

陳覓覓咬牙道：「追！」她身子飄然而起又飄然而落，瞬間已到了臺階下面的車前。

王小軍這才回過神來，腳下一動也閃進人群，在百忙之際，側身對目瞪口呆的唐思思道：「你留在這兒！」然後在撞倒了無數人之後，恰巧停在副駕駛的方位，他剛拉開車門，陳覓覓已經發動車子追上了馬路！

王小軍趔趔趄趄地在座位上坐好，關門的工夫，破富康就已跑出去近百米。

陳覓覓兩眼冒火，一字一句道：「終於還是給老胡猜中了！」她一手握著方向盤，一隻手幻影般的換擋，車子發出與這副尊榮不符的轟鳴，如離弦之箭般追了出去。

人們是在驚愕了將近半分鐘的時間後，才爆發出各種驚叫聲，胡泰來他們坐著計程車，在路口剛好看到完整的一幕，他們趕到會場門口時，陳覓覓的富康正絕塵而去，霹靂姐在車裡大叫道：「快追上那輛車！」

胡泰來沉聲道：「追人有小軍他們就夠了，你們隨我下去維持秩序！」

現在是早上，小鎮裡也沒什麼所謂的交通尖峰時間，所以陳覓覓的車速極快，王小軍熟練地把安全帶繫上。

陳覓覓輕咬貝齒目視前方，全神投入地開著車，王小軍咳嗽了一聲道：

「你怎麼這麼憤怒啊？」

陳覓覓沉著臉道：「在我面前光明正大地搶了東西就跑，當我是假人嗎？」

前面那輛越野車也正在全速奔行中，一路蛇形鼠竄做著各種危險的超車動作，引得本來不寬敞的馬路上處處響起刺耳的緊急剎車聲，當他們發現後面有輛車以同樣的速度跟上來時立刻警覺，開始有意逼堵陳覓覓。

要說前面那司機開車的技術也不差，但陳覓覓面帶冷笑安之若素，破舊的富康在路上閃躲得進退自如，王小軍枕著手道：「現在就差把對方逼急了，下來跟咱們決戰了。」

這時陳覓覓忽然變色道：「小軍，告訴你一件事，你可別罵我。」

王小軍猛然坐起來道：「不會是沒油了吧？」

陳覓覓哭喪著臉道：「正是沒油了——咱們在回來的路上就加過一次油……」

王小軍抓耳撓腮道：「你怎麼光知道使喚牲口，不給牲口吃草呢？」

陳覓覓不悅道：「你不也沒想起來嗎？」

「我以前連油表都不會看……算了，現在我們還能跑多久？」

陳覓覓沮喪道：「最多還能跑十公里……」

王小軍看了眼里程表道：「照這個速度，十公里最多有十幾分鐘就跑完了。」

陳覓覓道：「而且前面就上高速公路了，到那時就更追不上了。」

王小軍看看前面的越野車，它左搖右擺前後亂躥，雖然甩不掉陳覓覓，可是在這種條件下也無法超車，王小軍忽然異想天開道：「現在只能按電影上演的來了——我爬上車頂，跳到對面車上去！」

陳覓覓驚道：「你找死啊？」

王小軍道：「你別忘了，我可是會輕功的！」他遲疑了一下道：「誒，我會的那算輕功吧？你再堅持一下，我運行運行我的內力看。」

陳覓覓無語道：「你來開車，我上去！」

「別，我開的話非跟丟不可。」

王小軍說話間把內力運行了一遍，他現在的輕功勉強能做到平面快速移動，可是蹦不了高，這會兒到了窮途末路，他打開車門，顫巍巍地爬上了富康的車頂。

陳覓覓揪心道：「不行就別追了！」

王小軍整個人趴在車上，往下比劃了一個大拇指。陳覓覓一咬牙，把富康的車頭齊齊頂在越野車的車尾上，王小軍兩手抓住車沿，在呼嘯的風中慢慢蹲了起來，他臉上的肌肉被風拽得扭曲不已，好幾次想往前面跳去又下不了狠心——這種車速下，別說嚴重失誤，就算身體任何一個部位打滑都是致命的。

陳覓覓大喝道：「準備好，我把你送上去！」

她一踩油門，富康車撞在越野車的屁股上，王小軍趁慣性放鬆四肢，然後像一隻滑翔的蝙蝠一樣掠上了越野車的車頂。前面的車立刻一個急剎，隨即加速，王小軍被晃得差點掉在地上，兩手抓住車後窗，兩條腿在空中盪來盪去。

可以想像，只要挨著地面就是連血肉帶骨頭都會被磨得一絲不剩。王小軍無處發力，每分每秒都有掉下去的可能，陳覓覓強迫自己冷靜，緩緩加速，讓車頭再次接近越野車，王小軍雙腿在富康的保險槓上一蹬，重新回到了車頂。

越野車開始故技重施，忽快忽慢，想甩掉這個包袱，王小軍全身緊緊貼在車頂，猛然一掌拍下，頓時在車頂上拍出一個深達四五釐米的掌型坑，他

接連發掌，逐漸把車頂拍出一個巨型的大坑，隨即一挺身坐在坑裡。

陳覓覓在後面看得又是吃驚又是好笑，毋庸置疑，如果她和王小軍易地而處，她就絕無這份掌力。

王小軍坐在頂坑上，雙手抓住坑邊，如同是坐在敞篷車裡一樣，暫時再無被甩下去的風險，於是坐在坑裡小憩片刻，他已有了下一步的計畫——將車頂徹底擊穿，然後落入車裡和搶匪決鬥。

想到這裡，他一手抓著坑邊，一掌又鑿了下去，車頂上的鋼板被他一寸寸砸矮下去，王小軍的身子也一截截陷進車裡，好在這是輛高大的越野車，不然此刻只怕車裡的人連頭也抬不起來了。

然而王小軍又一掌拍落的時候，忽然覺得隔著鋼板有人也朝上拍出一掌，二人掌力對撞，王小軍無處借力，頓時被震得飛上了半空，原來對方也是高手！

好在前面有輛挖土車擋道，現在的車速並不快，他落下來時得以又回到坑裡，但是車裡的人似乎也想到了對付他的辦法，除了司機之外，還有四個人一起向上發掌，原本深陷進去的車頂這時一個鼓包一個鼓包地彈上來，竟然把王小軍辛辛苦苦開闢出來的「福地」一塊一塊地蠶食了！

王小軍自然不能坐以待斃，他以一敵四，兩掌對八掌，雙方就隔著車頂對打起來，就聽砰砰砰砰，如同上百個鐵匠一起打鐵一樣，越野車也時高時低起來！

陳覓覓看得憂心忡忡，王小軍有好幾次差點被打下車去，所謂雙拳難敵四手，照這樣他遲早還是要吃虧！

這時越野車超過了挖土車，車速又快了起來，王小軍一邊要保持平衡，一邊還要和四名強敵搏命，他的屁股和大腿上隔著鋼板吃了好幾掌，身子又漸漸到了邊緣，然而就在片刻之間，頂上的鋼板在雙方掌力對撞和金屬疲勞的作用下，竟然片片碎裂然後掉落。

王小軍低頭一看，見車頂上出現了一大片空洞，他雙掌齊揮，就聽喀嚓一聲巨響之後，整個人掉進了車裡。

·第六章·

虐狗也犯罪嗎？

王小軍趁陳覓覓沒有防備忽然探身親了她一口，緊接著警笛聲大作，無數量警車將他們團團包圍，員警飛快地從車裡出來，拔槍躲在警車後大聲道：「舉起手，慢慢走出來！」

王小軍錯愕道：「虐狗也犯罪嗎？」

博覽會會場門口，金信石眼看裝金玉佛的箱子被人搶走，剛一發愣的工夫，他就被門口的兩個保安推進了門裡，隨即一隻強有力的大手按在他的肩膀上把他拉向展廳裡面，那個男助手剛想阻止已被打暈，女助理發出了一聲尖叫！

胡泰來聞聲瞳孔一縮，抬頭看，就見門口的兩個保安神色淡漠地閃身進去，隨即用鐵鍊把大門從裡面鎖了起來。

胡泰來瞬間明白了一切，顧不上回頭，大聲道：「霹靂，這裡危險，你們回去！」他飛快地衝上臺階，隔著大門的玻璃看到金信石被四五個人強行拖拽著向後門走去，那個女助理也被打昏倒在地上。胡泰來一拳將玻璃打碎，喝道：「放開金先生！」

金玉佛再值錢，只是金信石其中一件收藏，今天博覽會上最有價值的不是金玉佛，而是金信石！對方搶劫金玉佛只是一個幌子，或者說是一箭雙雕，他們主要的目的還是在綁架金信石！

聽到胡泰來追了上來，挾持金信石的那老者不但沒跑，反而停在原地冷冷地打量著他，隨即冷笑道：「原來是你這個飯桶！」

胡泰來的心一直往下掉……那老者長鬚白髮，長相兇悍，正是在停車場伏擊過雷登爾的主力殺手，曾和王小軍大戰過一場，他身邊的人也依稀有些眼熟，想來大部分都有參與那次刺殺活動。

胡泰來知道這老者的武功很高，王小軍事後曾分析過，如果不是恰好學過游龍勁，光憑掌力他也不是那老者的對手，甚至他的這些手下也個個都是高手，加上這老者和剛才在門口的兩個保安，對方一共有六個人，拋開這老者不說，其餘五個，每一個都有和自己分庭抗禮的本事！

胡泰來喝道：「你們先放了金先生！」

那老者像提小雞一樣提著金信石，輕蔑道：「你有這個本事嗎？」接著嘴角衝兩個「保安」呶了呶道：「你們去收拾了他，咱們老地方會面。」

兩個保安面帶冷笑緩緩走了上來，胡泰來緊握雙拳，眼中似乎要噴出火來，怒道：「你們找上我們黑虎門，搶奪武館不過是掩人耳目，主要目的是為了擠兌我師父把會場的保安工作讓給你們，然後為今天搶人奪寶做準備？」

那老者森然道：「黑虎門裡倒也有不笨的——」說完這句話，他抓著金信石就走。胡泰來剛往上一撲就被那兩個保安截住。

胡泰來知道這一戰毫無希望可言，但他鼓舞精神擺動雙拳，一時竟搶了上風，只是那老者隨同另外三名手下已經越走越遠。

就在這時，霹靂姐的聲音響起：「不要臉，又以多勝少嗎——咦，我為什麼要說『又』呢？」

藍毛笑道：「咱們師父也不知怎麼，老是被人家群毆。」

說話間，胡泰來的三個女徒弟已經衝進來幫胡泰來擋住了其中一個保安。

胡泰來急道：「霹靂，你們快走！」

霹靂姐道：「咱黑虎門不是最講尊師重道嗎，師父打架，徒弟怎麼能袖手旁——哎喲！」

原來她說話間肩頭就中了對方一拳，瞬間高高腫起。

胡泰來又道：「這跟以往不同，你們幫不上忙，快去喊師叔們來！」

霹靂姐咬牙切齒道：「我們就不信這個邪！」

可她們三個只是練過幾天功夫的小女生，眼看對方一拳又要打上她的肚子，霹靂姐就聽耳邊風聲疾勁，那人忽然慘叫一聲，抱著手臂蜷縮起來，霹靂姐回頭張望，只見唐思思站在她們身後，身側的小包開著，裡面裝滿了鋼珠。這時擊中那保安的鋼珠才堪堪落地，在地上餘勁不衰地滴溜溜亂轉。

霹靂姐驚喜道：「思思姐，你的暗器比以前可準多了！」

唐思思道：「我最恨打女人的人了！你們有仇報仇，不要客氣呀！」

三姐妹對視一眼，忽然一起揮拳打在那保安的臉上、胸口，這三個女生招數還沒到家，可力道已經不差，那保安盡數吃了一輪攻打，噗通一聲倒在了地上。

胡泰來頭大如斗，一邊揮拳一邊道：「思思，你怎麼也來了？」

唐思思把手伸進小包裡，笑嘻嘻道：「我終於找到了趁手的暗器，正愁沒地方發揮呢——你快把他讓出來呀。」

她說話時站在胡泰來背後，意思是讓胡泰來閃開，她好發射鋼珠。

胡泰來的對手見同夥不明不白地著了暗算，心裡直發毛，有心逃跑，又不敢把後背露給唐思思，疑神疑鬼之下，頓時被胡泰來抓住了戰機，導致下巴中了一拳，一聲不吭地趴在地上不動了。

兩個假保安被打倒不過是片刻之間的事，這時那老者挾持著金信石剛到後門附近，胡泰來拔腳追了幾步，只聽背後「嗤嗤」連聲，唐思思的鋼珠已經搶先一步密集射出，那老者的三名手下背部大腿紛紛中彈，此時唐思思距離他們大約將近十七八米，鋼珠威力有限，但打在身上也是陣陣痙攣，隨之

胡泰來和三個女徒弟也衝了上來。

那老者森然道：「幹掉他們！」三名手下聞言反撲過來。

雙方於瞬間交手，胡泰來以一敵三，他知道自己這一次絕不能輸，因為黑虎門的榮譽興衰全繫在他的身上，胡泰來咬緊牙關和當先一人拳掌相對，兩人各退了一步，接著胸腹卻吃了後面兩人的一掌。

就在這萬分危急時刻，對手中有一人剛舉起的手掌冷不丁一縮，原來是又中了唐思思的鋼珠。隨著這三人衝過來這一截距離，唐思思的暗器威力也隨之加劇。

其實暗器的微妙之處正在於此，憑唐思思的腕力，如果超過十五米，鋼珠的威力會在最後幾米中消失殆盡，不過在十米內，那聲勢還是相當驚人的，這小妞經過多次失敗才總結出自己善打圓形暗器的經驗，又在峨眉山上掌大勺，增強了不少腕力，此刻一包鋼珠在側，雙手連發，竟然越打越有模有樣，胡泰來在前面和人火拼，她在後方偷襲，配合無間，那三個人被打得束手束腳，不一會兒工夫就頭臉見血，渾身起包。

「我們分出一個人先去對付那小妞！」終於，三人裡有人喊了起來。最邊上的人道：「我去！」

這三人大概也是師兄弟，基本的默契還是有的，說話的那人再不理會胡泰來，一個箭步衝向唐思思，唐思思頓時有些慌神，雙手加快速度向他彈射鋼珠，那人索性也不躲閃，而是護住頭臉，拼著多挨幾下也要先讓她啞火。

陳靜見狀喝道：「保護思思姐！」三個人一起擋在唐思思身前，可是被那人一一彈開，唐思思手再次伸進包裡掏鋼珠的當口，那人一把抓住唐思思的肩膀，唐思思面露驚愕之色，嚇得連抵抗也忘了。

王小軍一落進車裡，就面臨腹背受敵的境況，他掉落的位置在車的左後座，車裡原本有五人，除了司機之外，另外四個一起揮掌朝他拍來，副駕駛座的人也回身尋找機會發動攻擊，王小軍就像掉進一個受了驚的野獸窩裡，只覺四面八方全是掌影。

好在他在身子未落下前就在身周放出游龍勁，這時砰噗亂響，有的手被彈了出去，有的還是打在身上，在呼吸相聞的距離內，就算對方的攻擊被游龍勁彈開，說不定頃刻又彈在自己身上，車裡六個人儼然是在方寸之地展開生死相搏，誰也不知道自己一掌出去打中的是敵是友，但為了求自保，只能一味亂打。

這種混亂的情況慢慢朝對王小軍有利的一面發展——因為王小軍忽然發現，這裡只有他不用顧忌傷到友軍，此念一出，他隨即擺動雙掌，發狂一樣的四面轟擊起來，這時也顧不上插招換式了，手掌出處，也不管是鐵掌、是纏絲手、是游龍勁還是太極推手，總之是隨心所欲隨遇而安，如果中途遇到對方的手掌，那就順勢纏他一下；如果覺得來勢兇猛，那就卸他一下。

鐵掌幫的鐵掌剛猛而迅疾，王小軍全力施展開來後就見無數幻影飛現，就像千手觀音的每隻手臂上又裝了強力彈簧一樣，車裡的人雖然也都是高手，但在他這輪散發輻射一樣的猛擊中紛紛中掌。

最先倒楣的是被王小軍壓在身下左後座那位仁兄，本來王小軍面向前排，除非手掌拐彎才能打得到他，但是中間那人全力一掌被王小軍游龍勁彈開，正好擊中這位老兄的太陽穴，隨即中間那人被王小軍纏絲手纏住，除了胳膊差點被絞斷以外，還得負責當肉盾擋住右後座上的攻擊。

隨著王小軍一頓亂拍，副駕駛和中座上的人也全都被打暈過去，然而就在情景一片大好的時候，王小軍無意間的一掌直接擊斷前面座位的靠背，將司機打暈，越野車毫無徵兆地衝向了路邊的護欄，而此時，他們正在一座橋上，只要車子撞破護欄，勢必將是一場無人能倖免的交通事故！

胡泰來眼見唐思思被人抓住，忽然做了一個誰也沒料到的動作——把後背露給兩名對手，那兩人大喜之下，雙掌齊齊拍在胡泰來背上，胡泰來借著這股勁，身子凌空一般飛到了抓住唐思思那人的身後，在空中閉眼小憩、運勁、揮拳！

唐思思眼見著那人胸前一鼓，然後像根麵條一樣滑在地上，他一倒，露出了怒目橫眉的胡泰來，接著，胡泰來的嘴角開始沁出絲絲血跡。

「老胡！」唐思思驚叫了一聲，胡泰來卻露出微笑表情：「我沒事！」

「還說沒事！」唐思思知道他受了內傷，胡泰來腳下略一踉蹌向前倒下，唐思思急忙衝過去死死抱住他。

「思思……我很喜歡你，你知道嗎？」胡泰來喃喃說道。

霹靂姐瞪大了眼睛道：「師父……現在不是時候啊！」

陳靜叫道：「師父迴光返照了！」

唐思思驚恐地抱緊胡泰來道：「老胡，你別死啊！」

打傷胡泰來的那兩人對視了一眼，相互點點頭，慢慢地逼了上來，他們此刻已動了殺心！胡泰來委頓在唐思思懷裡，竟像是昏過去了。

霹靂姐和陳靜不約而同地擋在唐思思和胡泰來身前道：「不許傷我師父！」

藍毛遲疑了一下，也咬牙和她們兩人並肩站在一起。

「真是有情有義呀——」那兩個人獰笑著繼續逼近。

就在這時，展廳的大門被人從外面一腳踢開，丁侯和老三帶著五六個黑虎門的弟子闖進來道：「這裡怎麼了？」

霹靂姐立刻指著那兩人又跳又叫道：「師叔，快打他們兩個，他們打傷了我師父，搶走了金玉佛。」

老三叫道：「媽的，裡面果真有鬼！」不由分說頓時分成兩撥和那兩人打了起來。

胡泰來也許是聽到了喊打喊殺聲，本來半倚半靠著唐思思，這時像猛然從噩夢中驚醒一樣站直了腰身，同時道：「金信石呢？」

唐思思眼角帶淚道：「咱們別管了，讓警察去追吧。」

「不行！」

胡泰來回頭看時，只見後門已經空無一人，他一手按在胸口，拔腳追出，霹靂姐等人剛想跟上，胡泰來道：「你們在這協助師叔們。」說話間，他已經踉蹌著出了後門。

後門外是一條深深的巷子，那老者扯著金信石剛跑到巷口，胡泰來喝道：「站住！」

那老者回頭，不禁愕然。

胡泰來喘息著道：「你……放開金先生……」一句沒說完又咳出幾口血。

那老者索性停下腳步，冷冷道：「我倒是小瞧了你，可你都這樣了，憑什麼讓我放了他？」

胡泰來不斷咳嗽道：「你……打傷我師父，栽贓我們黑虎門，我絕不能容你！」

那老者仰天打個哈哈道：「你現在能接得住我一掌嗎？」

胡泰來一手扶牆慢慢走了過來，他死死盯著那老者，一字一句道：「我想試試！」

那老者用掌緣將金信石擊昏在地，眼神裡閃爍著凶光道：「好，那我成全你！」

越野車失控撞向護欄這一幕，陳覓覓清清楚楚看在眼裡，武當小聖女雖然小小年紀，可向來臨危不懼，這時不禁也慌得六神無主，險些扔了方向盤。

好在護欄還算結實，越野車一撞之下被彈了回來，接著右前輪爆炸，一頭又撞向了大橋中間，此刻，如果繼續撞護欄，車子可能掉下橋去，可這麼撞上馬路。那就會導致多起惡性交通事故。王小軍在後座探身抓住了方向盤猛往右打，同時去拔昏迷司機踩著油門的腳。

令他沒想到的是，右後座的最後一名敵人還沒完全喪失抵抗力，這人神智已經不清，但他發狠地揮掌打在王小軍背上，王小軍只得一手把著方向盤一手回擊，兩人身體扭曲都有所不便，此刻就像兩個任性的孩子一樣互相毆擊。最終那人被王小軍擊昏，但是越野車也在橋上扭來扭去，眼看最終還是要撞破護欄掉下去。

陳覓覓目不轉睛地盯著越野車的車尾，在千鈞一髮之際突然加速超車，用整個車身擋在越野車和護欄之間，越野車頂著富康，車速不減地朝前衝去，陳覓覓只覺一股蠻力致使自己也無法控制車速，她強迫自己冷靜，逐漸減速，利用富康阻礙越野的前進，這時王小軍也終於把司機的腳拔了出來，越野車驟然失去動力，又往前衝了兩百米的距離，終於頂著富康車停在護欄邊上。

王小軍只覺渾身酸痛頭暈腦脹，從後座拎起箱子衝陳覓覓晃了晃，陳覓覓按著胸口狂跳的心臟，盡量平靜地問：「你沒事吧？」

王小軍晃晃悠悠地下了車，伏在護欄上乾嘔了半天才道：「我好像有點暈車……」

胡泰來扶著牆，一步一步踉蹌著走近那老者，直到彼此相距只有五六米的距離時，他才努力站穩。

那老者面帶冷笑，雙掌攤開擺在身側，指節微動，竟然發出像放電一樣劈劈啪啪的聲音，誰都能看出，他下一掌一旦擊出，必有雷霆之勢！

這時，金信石痛苦地揉著脖子坐了起來，他看到這副情景之後悚然道：「小夥子，你走吧，他要的是錢，你沒必要把命搭上。」能坐擁鉅資的人一定是聰明人，他看出胡泰來就算把命送了，也未必救得了自己。

老者冷冷道：「有明白人！」

胡泰來微微搖頭：「在我面前，我不會讓他把你帶走。」他面向老者道：「你要小心了！」

老者嗤笑一聲：「如果你想用這個法子拖延時間，那是打錯了算盤——這樣吧，只要你不再追來，我也不殺你。」他譏誚道：「畢竟你們黑虎門算是幫了我一個忙。」

「休！想！」

胡泰來話音剛落，身形已掠向老者，他受了重傷，動作已遠不如剛才靈敏，但這一下是全力施展，瞬息之間就到了對方眼前！

那老者微有些意外，他原以為胡泰來是外強中乾，沒料到他真的出手，但他自然也不會把一個武功本就遠不如自己的重傷號放在眼裡，他右掌一抬，覷定胡泰來胸口拍去。

就在這時，誰也沒想到的一幕發生了——胡泰來腳下冷不丁向前一躥，幾乎是主動把胸口送了上去，接著，他用右手死死把老者的手掌按在了自己的胸脯上！

「你這是……」

老者愕然之際，胡泰來的左拳呼嘯而至，然後結結實實地打在對方的下巴上！

「喀——」巷子裡傳來骨頭碎裂的聲音。

老者其實是犯了武林人最嚴重的錯誤，他低估了胡泰來。

沒錯，平地對敵，胡泰來不是他的對手，但他沒想到胡泰來的拳頭也有秒殺一切敵人的威力！

一陣劇烈的眩暈下，老者身子一顫，胡泰來的手仍死死按住他，這一擊也是胡泰來最後全部的力量，他隨之也大口地喘息起來，想再抬一下拳竟然也做不到！

「老胡！」

唐思思衝出展廳後門看到的情景是：那老者的掌按在胡泰來的胸前，胡泰來的身子輕飄飄的像張紙一樣隨時都有可能飄開。唐思思肝膽俱裂，抬手就是一顆鋼珠射出。

「噗！」那鋼珠直接射穿老者的腮幫子，在他口腔裡彈跳著又打碎了幾顆牙齒。唐思思發射暗器，從不敢照著人的頭部打，這會兒卻是什麼也顧不了了！

老者劇痛之下反而恢復了大部分的意識，倉惶地推開胡泰來，再也顧不得金信石，跑出巷子不見了。

胡泰來身子一軟，單膝跪倒在地，又咳出幾口血來。金信石著慌地上前攙住他道：「小夥子，你怎麼樣？」

唐思思眼淚一個勁地往下流，她衝過來把金信石推在一邊，雙手抱住胡泰來的腦袋連聲呼喚：「老胡，老胡，你是不是要死了？你不要死啊！」

這時胡泰來的一干師弟、霹靂姐等人也都從後門擁了過來，眾人圍著胡泰來七嘴八舌地問著，唐思思大叫：「你們都閉嘴，快叫救護車！」說完，又抱著胡泰來撕心裂肺地喊道：「老胡，你不要死啊！不要死啊。」

胡泰來喘息片刻，臉上掛起一絲微笑道：「好，我答應你。」

唐思思抬起淚痕滿面的臉，錯愕道：「你還有心思說笑話？」

老三訥訥道：「這可能說明我師兄就不死了吧？」

胡泰來一使勁扶著唐思思站了起來，臉色蒼白，不過從動作上看，離死應該還有一段距離的樣子……

唐思思把胡泰來的胳膊搭在自己的肩膀上，小心翼翼道：「老胡，你不要死撐啊。」

胡泰來朝她笑了笑，隨即問丁侯：「展廳裡那兩個人呢？」

丁侯威武雄壯道：「被我們幹倒了！」他們三四個打人家一個，再說拼命和比武又不同，那兩人雖然武功很高，但還是被他們給制服了。

胡泰來這才在唐思思的攙扶下向前走去，老三見唐思思扶得吃力剛想上前幫忙，被霹靂姐一把拽了回來。

「你幹什麼？」老三不解道。

「別壞了我師父的好事。」霹靂姐似笑非笑道：「我是今天才知道師父的心思啊。」

「笨蛋！」陳靜微笑著評價了一句。

藍毛看了一眼坐在地上的金信石道：「大爺，你自己能走嗎？」

「大爺？」金信石哭笑不得，他這個收藏界名宿、商業鉅子，居然也淪落到了少人疼沒人管的地步，他以極其不雅的姿勢從地上爬起來，無奈地扶著腰道：「能走。」

好在他的兩個助理很快就飛奔過來扶住了他，又是叫車又是喊醫生。博覽會大門前，漫天的警笛聲響了起來，各種警力紛紛趕到。

金玉佛被搶，商界名人金信石差點遭到綁架，這在本地有史以來也算得上是最惡性的事件了，萬幸的是金信石沒有出事，這多少讓警方鬆了口氣。公安局長匆匆忙忙地趕來對金信石嘘寒問暖，並一再解釋市長也在前來的路上。

金信石溫言安慰了局長幾句，見胡泰來正坐在另一輛救護車邊上，走過去道：「小夥子，怎麼稱呼？」

唐思思沒好氣道：「他叫胡泰來，你還有什麼事嗎？」

雖然這事怪不得金信石，不過到底是因他而起，所以唐思思下意識地對老頭沒什麼好感。

金信石見眾人都對他愛搭不理的，尷尬道：「好好，那我們以後再見。」說完便帶著助理離開了。

大夫翻開胡泰來的眼瞼檢查著，一邊按壓他的胸腹各個部位詢問，最後下結論道：「可能是內出血，先回醫院拍個片吧。」

王小軍坐在馬路邊上歇息了好半天，臉上才有了血色，陳覓覓不禁好奇道：「金玉佛沒事吧？」

「打開看看不就知道了？」

王小軍這才發現箱子還帶密碼鎖，運內力把箱子掰開。絲絨格裡，金玉佛靜靜地躺著，這件傳奇寶貝果真如描述的一樣，玉石形狀如同一尊坐佛，佛身後金光點點，最難得的是佛祖的五官也依稀可辨，就算王小軍這種外行人也看得出這塊玉本身成色極好。

王小軍隨手把金玉佛拿在手裡打量著，對陳覓覓道：「等以後我給你也買個這樣成色的鐲子戴。」

「戴了鐲子還怎麼跟人動手呀？」

「以後有動手的事兒都交給我，再說，你遲早是要生孩子的嘛，懷孕以後難道挺著大肚子跟人打架？給你買個好鐲子也是為了養養你的性子。」

「又胡說八道！」陳覓覓紅著臉不理他了，過了一會兒輕聲道：「你拒絕了你爸一年之後抱孫子的要求，我很感動。」

王小軍笑嘻嘻道：「那來虐個狗啊。」他趁陳覓覓沒有防備，忽然探身親了她一口，緊接著警笛聲大作，無數輛警車將他們團團包圍，員警飛快地從車裡出來，拔槍躲在警車後大聲道：「舉起手，慢慢走出來！」

王小軍錯愕道：「虐狗也犯罪嗎？」

陳覓覓無語道：「別鬧了。」舉起手高聲道：「我們是好人。」

王小軍舉著箱子慢慢站了起來，喊道：「大哥們冷靜點啊，別走了火。」

一個警銜最高的員警喝道：「你們是什麼人，跟金信石是什麼關係？」

陳覓覓道：「我們不認識他，我們是見義勇為。」

那員警打量著現場，在進行短暫判斷後，示意其他人收起槍，伸手道：「箱子能給我們了嗎？」

王小軍二話不說把箱子遞了過去。員警打開箱子驚呼道：「金玉佛不見了！」

王小軍攤開手道：「你們說的是這個嗎？」

員警一把搶過，狠狠瞪了王小軍一眼，這才道：「我姓王，是市刑警隊的。」

「你好你好，我也姓王。」

王隊長看看王小軍和陳覓覓道：「據群眾報案，歹徒搶走箱子後有人開車追了上去，說的就是你倆嗎？」

王小軍點頭。

這時有員警端著一台錄影機道：「王隊長，這是剛才公路的監控視頻。」

王隊長看了一眼，眼珠子瞪得老大，視頻裡，王小軍正趴在越野車的車頂一掌掌打出一個坑。員警們看他的眼神開始不對勁了。

有人請示王隊長：「現在怎麼辦？」

王隊長道：「把五名嫌犯帶回去。」

陳覓覓道：「你們要多加小心，這些人都是高手！」

一個小員警問：「這倆人呢？」

王隊長客氣道：「你們二位也跟我們回去吧。」

那小員警小聲問：「用不用給他們戴手銬？畢竟……誰也不知道他們是不是黑吃黑？」

王隊長狠狠瞪了小員警一眼：「你腦子是不是秀逗了？分不清見義勇為和黑吃黑嗎？這兩人想跑早就跑了！」隨即，他用只有自己能聽見的聲音喃喃道：「而且你覺得手銬能銬住他們嗎？」

員警把五個嫌疑犯控制住帶上警車，王隊長對王小軍和陳覓覓道：「二位請吧。」

「你要帶我們去哪兒？」王小軍道。

「跟我們回去做個筆錄。」

王小軍見陳覓覓留戀地看著自己的富康，於是對王隊長道：「麻煩哪位警察大哥完事後把這車給我們開回去，這可是我女朋友的心頭肉——對了，車已經沒油了，開的時候，記得先加點油……」

王隊長無奈道：「好了好了，這些不用你操心，我們肯定完璧歸趙。」

王小軍這才和陳覓覓上了警車，王隊長坐在前面好幾次扭頭打量王小軍，有些欲言又止，終於忍不住道：「你對視頻上發生的事有什麼要解釋的嗎？」

王小軍道：「這有什麼好解釋的，平時看武俠小說嗎？說白話，哥練過！」

王隊長感慨道：「總說高手在民間，我以為那是指一般賣藝的，沒想到現實中真有武林高手。」

這時王隊長接到一個電話，說了沒幾句，隨即放下電話對司機道：「上面吩咐，不用回局裡了，去醫院，送他們去和他們的朋友會合。」

王小軍心一提道：「誰進醫院了？」

王隊長道：「胡泰來你們認識吧？有人想要在會場綁架金信石，胡泰來和綁匪搏鬥救了他，自己也受了傷。」

車在醫院門口還沒停穩，王小軍和陳覓覓就衝了下去，兩人像沒頭蒼蠅一樣在醫院裡亂撞，很快在走廊裡看到黑虎門的弟子們貼牆站成兩排，王小軍的心一個勁往下沉，抓住丁侯顫聲道：「老胡呢？不會是已經……」

就聽有人道：「就知道你嘴裡沒好話。」王小軍低頭一看，見胡泰來坐在走廊裡的椅子上，正在吊點滴呢。

「你嚇死我們了！」陳覓覓抱怨道：「送我們來的員警什麼也不說，我和小軍還以為你掛了。」

王小軍擦了把汗，問：「你什麼情況？」

胡泰來道：「有點內出血，不嚴重，打完點滴就可以走了。」

王小軍道：「這麼看來對方也是高手？」

胡泰來道：「你還記得在停車場伏擊雷登爾的那幫人嗎？領頭的就是那個和你動過手的老頭。」

「是他們？」王小軍疑惑道，隨即轉頭對陳覓覓說：「我就說呢，剛才車裡那幾個看著有點面熟。」

陳覓覓道：「看來這幫傢伙劫貨綁人無惡不作，而且已經形成了團體。」

胡泰來咬牙道：「武林敗類！可惜讓罪魁禍首給跑了。」

丁侯把當時的經過大體講了一遍，霹靂姐在一旁補充。

胡泰來道：「金玉佛你們搶回來沒有？」

王小軍拍拍胸脯道：「還能讓他們跑了？我為了一塊石頭當街都上演徒手開天窗了，不過這種事不能常幹，你是沒看到，送我們來的員警看我們下

車的眼神就像是把老虎扔在了市區，一副戒慎恐懼的樣子。」

胡泰來臉上蕩漾著笑意道：「說起來，這次最大的功臣是思思——」他環顧四周，問霹靂姐道：「你們思思姐呢？」

陳靜道：「她現在可能有點不好意思見師父。」

胡泰來莫名其妙道：「為什麼？」

霹靂姐一驚一乍道：「師父，你不會忘了你對思思姐說過什麼了吧？」

藍毛直截了當道：「你說你很喜歡她！」

這句話一出，本來嘈雜的走廊忽然安靜了下來，大家都露出了意味深長的微笑。

胡泰來急道：「我什麼時候說的？」

藍毛道：「你剛受傷的時候啊，師父你忘啦？」

胡泰來急得直拍大腿，沮喪道：「上次在武當山下之所以沒跟她說，是怕她以為我說醉話；這回我受傷，昏昏沉沉的神智也不清醒，思思豈不是要把我當成……這叫什麼事啊？」

王小軍安慰道：「老胡你也別想太多了，從另一個角度想，喝醉了表白叫酒後吐真言，也不是不可以嘛。」

陳覓覓聽了道：「那重傷之後神智模糊表白叫什麼？」

王小軍想了想道：「這叫人之將死，其言也善！」

·第七章·

伏龍銅掌

齊飛道：「崆峒派最著名的武功是一門掌法，叫伏龍銅掌，以剛猛凌厲著稱。」

王小軍瞪大眼睛道：「呼隆通掌？動靜這麼大？」

小李糾正他道：「是伏龍銅掌。」

王小軍這才道：「銅的啊，我說打不過我呢，硬度不行！」

從醫院出來，一幫黑虎門的弟子眾星拱月一樣簇擁著胡泰來往祁青樹家走。胡泰來顯得心事重重，每每回頭張望——唐思思在隊伍最後面，只顧低頭走路。

在離祁青樹家還有一百多米的時候，就見另一幫黑虎門的弟子們在祁青樹的帶領下等候在此，胡泰來忙帶著丁侯他們上前見禮。

祁青樹走上幾步，在胡泰來的肩膀上拍了一把道：「回來啦？」

這老頭向來高冷，這次能帶人迎接胡泰來，又主動打招呼，算是破天荒頭一遭。

眾人一起進院，丁侯迫不及待地把今天會場的事情向祁青樹報告，黑虎門的弟子們圍成一大圈，個個聽得咋舌不已。

老三咬牙道：「師父，那幫人打著來搶武館的旗號，其實早就準備好了聲東擊西，他們一開始的目標就是搶奪金玉佛和綁架金信石，之所以約定好三個月內不再戰，也是為了掩人耳目。」

丁侯道：「他們把武館交給了一群二流子，生怕我們一旦報復這些人就露餡，其實背地裡一直籌備，就等這一天。師父，這次如果不是師兄回來，我們黑虎門不但在功夫上栽了，而且還會被人狠狠擺一道，劫寶綁人這口黑鍋幾乎已經扣在我們頭上了，是師兄力挽狂瀾啊。」

祁青樹拿住胡泰來的胳膊搭了一會兒脈，道：「嗯，好在沒傷了底子——你幹得很好！」

胡泰來不自在道：「我也沒幹什麼……」

祁青樹又背起手，環視眾人道：「你們還愣著幹什麼，做幾個好菜，把窖裡的好酒開幾罈，你們的師兄不能喝，你們就代他慶祝吧。」

弟子們立刻歡呼一聲，各自忙活去了。唐思思也趁機鑽進了廚房。

院子裡瀰漫著過節一樣的氣氛，人人臉上帶笑，愉快地忙東忙西，博覽會一戰，不但報了一箭之仇，而且徹底粉碎敵人的陰謀，之前這口氣憋在胸口寢食難安，今天出了氣，露了臉，門派自信心和自豪感都空前高漲起來！

而最大的功臣胡泰來則坐在凳子上只顧發呆。不一會兒工夫，弟子們安排好了酒菜，在院子當中擺了四五桌，他們端著大碗大碗的酒紛紛上前敬胡泰來，胡泰來面前只有一杯清茶，頻頻舉杯還禮。

丁侯最後一個來到胡泰來面前，端著酒杯吭哧了半天道：「師兄，那個……按理說……其實……」

祁青樹忽道：「猴子，這段時間你這掌門當得怎麼樣啊？」

丁侯脫口道：「不好！」他滿面通紅道：「師父，我想把掌門之位讓給胡師兄，請您老人家同意。」

胡泰來愕然道：「這怎麼行？」

祁青樹面無表情道：「怎麼不行，我沒意見。」

胡泰來道：「可這對猴子不公平！」

丁侯忽然道：「我以黑虎門掌門人的身分宣布，將掌門之位讓給胡泰來！」雖然事起倉促，但大家其實早就預料到會有這一天，這時一起站起，丁侯退後一步跪在胡泰來面前道：「快來隨我拜見掌門。」眾人收斂起笑容，一個個肅穆跪倒在地。

胡泰來知道再推下去會讓丁侯為難，只得道：「大家請起。」眾人見他答應了，個個喜笑顏開地站起來。

胡泰來對丁侯道：「就是太委屈你了。」

丁侯大大咧咧道：「委屈什麼呀，誰還不知道是怎麼回事，你和師父鬧夠了，我也就輕鬆了。」

眾人一陣哄笑。

陳覓覓由衷道：「老胡有幫好師兄弟。」

祁青樹咳嗽一聲道：「我這個人你們都瞭解，在大節上無虧，可是清高自傲，自以為是，我希望泰來你以我為戒，我相信你能帶著黑虎門走得更遠。至於其他人，你們要勤學苦練，扶持你們的掌門，不要丟了黑虎門的臉！今天放開喝吧！」說完，他端起酒喝了一杯，隨即坐下。

眾人歡呼一聲，開始互相敬酒。

王小軍對胡泰來道：「恭喜你啊，胡掌門。」

胡泰來尷尬道：「別玩笑了。」

王小軍見他魂不守舍的樣子，打岔道：「說說你和那老頭最後一戰的事吧，他的掌力我見識過，聽說你那會兒已經受了傷他還被你打跑，你是怎麼做到的？」

果然，說起這個，胡泰來終於來了精神道：「其實我剛見到他的時候就在尋思該怎麼對付他了，硬來肯定不行，那時我忽然想起雷登爾跟我說過的他的一次比賽——那會兒他剛出道，對手是有名的右路型重拳手，那人之所以沒成為頂尖拳手，就是因為左右拳不均衡，但是右拳力量極其可怕，雷登爾為了對付他的右拳，想出了一個特別的辦法。」

陳覓覓道：「什麼辦法？」

「主動衝上去！」

陳覓覓疑惑道：「這是什麼意思？」

胡泰來侃侃而談道：「你們應該也有體會，不管是出拳還是出掌，胳膊一定也要有個蓄力的過程，雷登爾的辦法就是在對手剛舉起右拳、還沒完成蓄力的時候衝上去主動頂在他拳頭上，這其實是一種利用步伐和距離的戰術，就像在擊錘還沒有撞到底火的時候就把它和子彈隔斷，我用的就是這個法子。那老者見我受了傷，先有了輕敵之意，我趁他舉掌之際忽然拼命貼在他手掌上，導致他沒有發力的機會就中了我一拳，所以，他那一掌看似威力十足地打在我身上，其實我一點傷也沒受。」

「哇！」王小軍感慨道，「看不出你還有這種巧思。」

胡泰來道：「拳擊又和別的門路不同，步伐技巧至關重要，以後我要在這方面多花心思，以前我們黑虎門只片面追求拳頭上的威力，卻不知拳頭再重，打不著人也是白費，老虎若是空有鐵嘴鋼牙不懂靈巧，也只能是頭處處挨打的紙老虎，現在行行業業都講究升級換代，功夫也不例外啊。」

陳覓覓沉思道：「嗯，老胡說的對我也很有啟發。」一笑道：「黑虎門有老胡這樣的掌門，中興有望了。」

慶功宴還在繼續，這時從門口進來三個人，其中一個年紀比較大的掏出證件亮了亮道：「我們是警察，這裡誰做主？」

有弟子急忙去找祁青樹，祁青樹淡淡道：「有什麼事讓他們跟新掌門去說。」

胡泰來忙起身道：「三位警官有什麼事？」

那年長的員警道：「我們是為了調查上午博覽會的事而來——」

王小軍看著這三個人，嘴角露出微笑，因為這三個人他都認識。那說話的年長員警如果他沒記錯的話，應該叫王宏祿，那個小年輕則是小李；而那個三十歲左右、留個過氣中分頭的，正是鐵掌幫的棄徒齊飛。

這時他也正打量著王小軍，兩人目光相對，齊飛道：「小軍，你好啊。」

王小軍笑道：「師哥，你也好。」

齊飛擺手道：「師父已經將我逐出師門，再說我入門也比你晚，師哥就不要叫了，你可以叫我大齊。」

王小軍點點頭，接著又道：「王警官，小李，你們不認識我了嗎？」

王宏祿無奈道：「我怎麼可能不認識你，你騙得我們好苦啊。」

王小軍納悶道：「我騙你們什麼了？」

王宏祿道：「你當初跟我們說壓根就沒有什麼江湖，還讓我們別信高手在民間那一套。」

小李道：「你還說你不會武功。」

王小軍嘿然道：「情況不同，不過我那時候也沒想過要騙你們——」他指著齊飛道：「你們三個這是……在一起啦？你倆當初去鐵掌幫不是為了找他去的嗎？」

王宏祿又好氣又好笑道：「是你問我們還是我們問你，一會兒再敘舊，先談案子，我們可是帶著任務來的。」

齊飛問胡泰來道：「你們對上午襲擊會場的那幫人瞭解多少？」

胡泰來道：「可以說完全不認識——在西安，他們曾在停車場襲擊過美國拳王雷登爾，當時是被小軍擊退的。」

齊飛道：「這跟我們掌握的情況一樣，不過還是我們知道得多一點——我可以告訴你，襲擊你們這幫人是崆峒派的。」

陳覓覓驚訝道：「崆峒派，那不是六大派之一嗎？」

王宏祿道：「沒錯。」

王小軍納悶道：「你們當警察的怎麼也研究上武林門派了？」隨即恍然道：「你們是民武部的？」

王宏祿點頭：「你又說對了。」

王小軍道：「你們民武部到底是管啥的？」

王宏祿道：「凡是涉及到武林門派的案件，都由我們民武部管，崆峒派從西安刺殺雷登爾的時候我們就開始調查他們了，現在看來可以併案了。」

王小軍道：「這麼說王警官也是武林高手？」

王宏祿搖頭道：「你高看我了，我們現在的老大是齊警官。」說著一指齊飛。

齊飛尷尬道：「王哥別諷刺我了，咱們是搭檔關係，我要借助的是你和小李的刑偵經驗，我能被特招進民武部，無非是因為在鐵掌幫待過幾天。從這點上說，我該好好感謝鐵掌幫。」

王小軍道：「你砸人車那事沒問題啦？」

齊飛嘆氣道：「你能不提這事了嗎？誰沒有年輕氣盛的時候，咱們還是說回案子吧。」

陳覓覓不解道：「崆峒派作為武協六大派之一，怎麼會縱容門人作奸犯科呢？」

齊飛道：「這次落網的九個人都是崆峒派的，那名逃走的老者名叫孫立，是崆峒派掌門沙勝的師弟，沙勝對此的解釋是孫立帶著部分崆峒派弟子叛逃出幫，為了經濟利益四處作惡；說句拽文的話，就是被金錢蒙蔽了雙眼。但我們覺得像孫立這種江湖名人不應該是只為了錢這麼簡單，所以想問問你們知不知道什麼線索？」

胡泰來道：「這個人我們在西安之前從沒見過，也沒有什麼恩怨，現在看來反而是我們壞了他兩次好事，我不明白的是，他們為什麼要刺殺雷登爾。」

王宏祿道：「我們有理由懷疑他們是因為參與了拳擊賽的賭博，所以他們的目的是打傷雷登爾，好確保他們下注的一方能穩贏比賽。」

胡泰來道：「怪不得他們遮遮掩掩不想被人看出路數，原來是名門大派，我們黑虎門和崆峒派素無往來，所以他們連我師父也騙過了。」胡泰來頗有痛心疾首之意。

齊飛翻開一個小本道：「崆峒派最著名的武功是一門掌法，叫伏龍銅掌，以剛猛凌厲著稱。」

王小軍瞪大眼睛道：「呼隆通掌？動靜這麼大？」

小李糾正他道：「是伏龍銅掌。」

王小軍這才道：「銅的啊，我說打不過我呢，硬度不行！」

齊飛一笑道：「小軍，你最近風頭很響啊，在峨眉山上打敗了余巴川，又兩次粉碎了崆峒派二號人物的計畫——」他半開玩笑半認真道：「從此以後你也是我們民武部關注的重點人物了。」

王小軍愕然道：「你們別只盯著好人呀。」

這時陳覓覓忽道：「金玉佛和金信石要來博覽會的消息，事先連黑虎門都不知道，孫立他們在將近一個月前就開始著手謀劃了，是誰給他通風報信的？」

齊飛道：「這點我們會去調查。」

王宏祿道：「我們這次來，一是為了瞭解情況，二來也是為了徵詢一下各位的意見，如果以後遇到類似的事，你們願意跟我們合作嗎？」

「和警方合作嗎？」王小軍和胡泰來陳覓覓交換著眼神，顯得有些遲疑。

王宏祿道：「怎麼，有什麼顧慮嗎？」

王小軍嘿然道：「武林的事我們自己解決就行了，凡事都給老師打小報告的學生不討人厭嗎？」

王宏祿不悅道：「這怎麼叫打小報告呢，這種暴力事件就該交給我們警方處理，你們就算為民除害，把人打傷了不也是麻煩嗎？再說法律裡只有正當防衛，可沒有為民除害這一條。」

齊飛語重心長道：「小軍，你發現沒發現你的想法已經到了很危險的地步？」

王小軍愕然道：「怎麼危險了？」

齊飛道：「如果是以前，遇到這種事你一定會選擇報警，可是你自從進了武林，就開始自行其是，你們這種江湖事江湖了的思維是一個危險的信號，再往前一步可能就是違法亂紀，我就是前車之鑑。現在是法制社會，你們這些『俠客』也該順應時代，不能再快意恩仇，上面設立民武部，就是為了防止武林高手做出妨害社會治安的事，你好好想想吧。」

王小軍道：「可是這種事報警也沒什麼用吧？警察來還不得把命賠上，警察也有妻兒老小，我可不忍心害人。」

齊飛給王小軍撥了一個電話道：「這是我的號碼，以後有事給我打電話。」

王小軍點頭道：「好，一定一定。」

傍晚的時候，院子裡到處都是喝醉的人，大家再次向新掌門道賀後漸漸散去。

胡泰來始終顯得興致不高，他隔三差五地往唐思思的門口張望著——唐思思做完飯以後就再也沒出現。

王小軍忍不住道：「老胡，你和思思到底打算怎麼辦？」

胡泰來微微搖頭。

陳靜冷靜地分析：「我看思思姐對師父是有感情的，你看師父受傷以後她急的那樣。」

霹靂姐道：「可是感情和愛情是兩回事。」

胡泰來聽得一驚一乍的，王小軍揮手道：「去去去，小孩子家懂什麼感情愛情。」

這時祁青樹披了件衣服走過來，眾人一起起身，祁青樹擺擺手道：「天不早了，小孩子們都去睡吧。」

霹靂姐等人無奈，只得悻悻地告辭。

祁青樹看看王小軍道：「你不走嗎？」

王小軍一點也沒有自覺的道：「我還不睏。」

遇上他這樣的厚臉皮，祁青樹也無法，只得對胡泰來道：「泰來，你人品武功我都沒什麼可說的，可是你為人太過老實木訥，在感情上一定會遇到難題的，我以前讓你三十歲以後再考慮這事，就是希望那時你功成名就了，自然會有喜歡你的姑娘出現，可是你既然有了喜歡的人，那就得勇於面對，咱們黑虎門可不出孬種。」

胡泰來訥訥道：「師父，您想說什麼？」

祁青樹傳授心法道：「其實男人對付女人，最主要的就是要用纏勁，陪小心、耍小聰明，在外面你是一派掌門，武林高手，這些對女人來說都是屁！我當年也是十里八鄉叱吒風雲的人物，可追你師娘的時候還不是費盡心機，你師娘說西，我何曾敢說東？」

王小軍悚然道：「哎喲，師父終於開始教徒弟真東西了！」他納悶道：「合著你不是光棍啊？」

祁青樹瞪眼道：「你才是光棍！」

胡泰來驚恐道：「師父，您以前從沒跟我說過這些啊。」

祁青樹坐下來，鄭重地道：「今天，我就把我畢生最得意的功夫傳給你！」

王小軍吐舌道：「原來黑虎門最厲害的是泡妞絕學啊！」

祁青樹道：「其實具體我也沒啥可教你的，你只要記住，掌門的架子是端給外人看的，對自己的女人要捧著——對了，你以後就拿唐家姑娘像對我一樣，我看這事兒八成就有戲。」

胡泰來哭笑不得道：「師父，您還是去睡吧，這事我自己處理。」

「嗯，你記住我說的話。」老頭又緊了緊衣服，踱著方步回屋去了。

王小軍無語道：「老胡上有這樣的師父，下有那樣的徒弟，我看這事兒更懸了。」

胡泰來霍然站起，王小軍詫異道：「你幹嘛？」

胡泰來下定決心道：「我要把話和思思說開！」

「你要表白啦？」王小軍振奮道。

這時胡泰來已經走到唐思思門前，輕輕敲了敲門，就聽唐思思鬱鬱的聲音道：「誰？」

「是我，胡泰來。」

「你有事嗎？」

胡泰來頓了頓，道：「白天我對你說的話你也聽到了……」

唐思思道：「那會兒你說的什麼，自己也不知道了吧？」

胡泰來認真道：「不，那是我心裡話，其實我在武當山的時候就想跟你說了，不過那時我喝了酒，怕你不相信，今天我說這話的時候，確實已經沒意識了，不過那是真的，我是真的很喜歡你！」

王小軍暗挑大拇指：「強，單刀直入！」

唐思思將房門打開一半，借著月光可見她半陰半晴的臉部輪廓，她平靜地問：「你為什麼喜歡我？」

胡泰來道：「我也說不上來，不過你這麼好的姑娘，不應該傷心難過流浪在外，當我知道你的身世之後，幾天都沒睡著覺，同時發誓一定要保護你，曾玉出現時，我恨不得跟他拼了，那時我才意識到，我可能是愛上你了。」

唐思思帶著明顯的沉重鼻音道：「我哪裡好了？」

胡泰來不假思索道：「你善良、漂亮、自信，有了目標會不顧一切地完成它，雖然有時候會耍點小性子，可是我越看越喜歡；每次你因為我生氣的時候，我除了會著慌以外，其實……心裡很高興，知道你心裡在乎我才那麼做的。」

陳覓覓動容道：「只有真話才能讓人感動，我相信老胡說的都是心裡話。」

此時，胡泰來站在門口，王小軍和陳覓覓坐在院裡，他們都在等著唐思思的回應，而唐思思的回應是——猛然放聲大哭起來。開始還只是痛哭流涕而已，到後來竟然抽噎得連呼吸都困難了。

胡泰來見狀，頓時慌了手腳，他無措道：「思思……你不喜歡我也沒關係的，你別哭呀……要不，你打我兩下？」

唐思思聞言噗嗤一笑，她這陣雷雨可謂來得快去得也快，等她恢復平靜後才緩緩道：「我哭不是因為你……在醫院時，我忍不住給我媽打了個電話，她現在過得很不好。」

院子裡其他人聽到唐思思的哭聲，紛紛探頭探腦地開門張望，王小軍霸氣地一揮手，用那種看似小聲，其實是吶喊一般的聲調道：「掌門辦事，閒雜人等回避！」

眾人一聽，急忙一起把門又都關上了。

胡泰來問：「你母親怎麼了？」

唐思思道：「她在唐門本來就沒什麼地位，我在西安逃婚後，她受的排擠更嚴重了，現在到了連日常生活都難以保證的地步。」

王小軍詫異道：「你爸也不管嗎？」

唐思思嘆道：「我爸在唐門地位也不高，只不過終究是唐門弟子，沒人敢苛待他就是了。」

陳覓覓不平道：「現在都什麼社會了，你媽就不能跟你爸離婚嗎？最起碼也可以搬出來自己住啊。」

唐思思手指纏繞著衣角道：「我媽性子懦弱，又沒有什麼生活技能，而且唐門就是一個封建社會的縮影，等級森嚴尊卑分明，脫離它比加入它更難，我爺爺就像皇帝一樣，你能想像皇帝允許自己的兒媳流落到民間嗎？」

胡泰來柔聲安慰唐思思：「這樣吧，等我傷好一點了，咱們就去四川把你媽從唐門裡接出來。」

唐思思煩惱地道：「我爺爺不會同意的！」

胡泰來笑道：「能接出來就接，接不出來就搶，反正在警察那兒咱們都快成違法亂紀的人了，還能讓一個老頑固欺負了？」

王小軍雙手捧在胸前崇拜道：「哇，好霸道，不愧是新上任的總裁！」

陳覓覓無語道：「老胡這也算交友不慎，他這句話的口氣十足像你，你都把人帶壞了。」

王小軍道：「那你跟不跟我們去嘛？」

陳覓覓笑道：「當然去，搶人，我們是專業的！」

唐思思擦著眼淚道：「有你們真好。」

王小軍忍不住道：「胡總裁跟你巴巴地表白半天了，你倒是表個態啊。」

唐思思瞟了胡泰來一眼道：「讓你一說，我也覺得我很優秀，既然我這麼好，你當然應該喜歡我，可是光喜歡還不夠。」

胡泰來道：「我該做什麼？」

唐思思調皮道：「來追我呀，看你有什麼手段。」

胡泰來道：「那我……」

就聽祁青樹在屋裡朗聲道：「時代不同了，師父幫不了你啦，這事兒你自個兒看著辦！」

第二天，胡泰來一早就帶著三個徒弟出去了，然後帶回一大堆東西。等師兄弟們差不多到齊了，胡泰來指著那堆東西直截了當道：「以後大家練功的時候多兩項內容，第一，每人每天跳繩一千下，第二，從今以後開始訓練步伐。」

他給每人發了一條跳繩，又在樹上綁了一捆橡皮筋，自己鑽進橡皮筋圈裡，利用橡皮筋的彈力鍛煉腰力腳力。

胡泰來一邊示範一邊道：「至於橡皮筋綁多少，自己量力而為。」他在腰上綁了密密麻麻一捆橡皮筋，不斷掙脫而出又被反彈回來。

雖然只是簡單的兩樣小東西，黑虎門的弟子們卻都感很新鮮，他們以前練的器械無非是槓鈴啞鈴之類，這麼多年，誰也沒想過這麼訓練力量。眾人都偷眼朝祁青樹看去，祁青樹背著手道：「看我幹什麼，一切都聽新掌門的。」

弟子們一擁而上，人手一條跳繩，胡泰來又講解了一些出拳技巧，黑虎門以拳術為主，但很多具體而微的東西從前都不擺在明面上說，靠的是自己的悟性和在實踐中總結的經驗；再有，雷登爾作為世界拳王，總有一些不傳之秘，胡泰來也都一一闡述清楚。隨即讓眾人分頭練習。一時間院子裡到處虎虎生風。

陳覓覓斜眼道：「你自從打敗你爸以後，再沒有好好練過功吧？」

王小軍嘿然道：「咱們還是先商量一下去四川搶人的事吧——老胡，你也來。」

胡泰來道：「怎麼？」

王小軍道：「你打算怎麼把你丈母娘搶出來？」

胡泰來沉吟道：「先曉之以理吧，我們要帶走的是一個既不受歡迎、又對唐家無用的人，他們沒理由反對吧？」

王小軍擺手道：「老胡，你不能這麼想問題，你得做好『唐家除了思思以外都是混蛋』的準備，像這種無良的老財主，一針一線都不會平白給你，哪怕對他沒什麼用，更別說一個大活人了。」

胡泰來道：「那就只好打了。」

王小軍道：「還是這個靠譜，我算看透了，人在江湖，所有看似講理能幹成的事兒最後都得用打，那咱們分一下工吧，咱們此行最大的敵人應該是思思她爺爺，不過我想他親自出手的可能性不大，就算真幹，他起碼也六十多七十了，打老頭，在座的都是行家。唐家的其他人，唐缺可以無視，唐聽風那一身也是唬唬人，呃……哎——」

他忽然沒來由地嘆了一口氣。

陳覓覓道：「你是不是想起唐傲了？」

王小軍點頭道：「想來想去，只有這個唐傲無解，你是沒見他的散花天女，他一旦出手，方圓十平米內連蚊子都活不了，無解，實在是無解啊。」

胡泰來道：「還按我說的那個辦法，我在前面擋住他的暗器，你們在後面尋找機會拿下他！」

王小軍無語道：「我覺得不太可行，你擋住他一顆散花天女，他還有第二顆，再說他暗器上都淬了毒，你掛了，咱們任務就失敗了，還搶什麼丈母娘？」

他忽然異想天開道：「要不咱們做一面盾牌吧！」

陳覓覓崩潰道：「你去以暗器聞名的唐門做客，手裡提著一面盾牌？反正我是不跟你丟這個人！」

幾個人說來說去，始終沒有商量出對付唐傲的辦法。

王小軍道：「暗器打過來，要麼接要麼躲，接肯定是不行，千手觀音都活不過來，剩下的就只有躲了。」

說到這兒，他忽然眼睛一亮道：「誒，我差點又忘了，我會輕功啊！呃……不過還不能蹦高，根據我爺爺的秘笈，只要內功再進一層就行了。」

王小軍說風就是雨，打開手機調出王東來留給他的秘笈道：「你們忙去吧，我要練功了。」說著就盤腿坐在當地，真就練起功來。

胡泰來和陳覓覓啞然失笑。

陳覓覓道：「怎麼沒見思思？」

霹靂姐道：「思思姐說了，她去買菜，今天要好好露一手。」

就在這時，一個穿著套裝的美女站在門口客氣道：「請問，胡泰來先生是住這裡嗎？」

院裡都是些光棍漢，見了這美女不禁都是眼前一亮，老三笑嘻嘻道：「你找我們掌門有什麼事啊？」

胡泰來看著這美女依稀眼熟，可又想不起在哪見過，一時竟愣在當地。

那美女道：「我是金信石先生的助理，金先生派我來請胡先生去做客。」

胡泰來恍然，昨天他趕到會場時，只隔著玻璃匆匆瞄了一眼這位美女助理，隨即這倒楣姑娘就被打暈了，所以沒留下什麼深刻印象。

胡泰來上前一步道：「我就是胡泰來，金先生的美意我心領了，不過見面就沒必要了，請轉達我的問候，希望金先生以後還能常來我們這裡，不要有心理負擔。」

女助理甜美笑道：「金先生說，您是他的救命恩人，所以務必請您前往接受他的致意，他本來想親自登門拜訪的，無奈警方現在很緊張，出行一次很不方便，請您不要拒絕。」

胡泰來聽說金信石叫他去無非就是道謝，還想婉拒，那女助理楚楚可憐道：「胡先生不要為難我呀，你不去我很難交差的。」

胡泰來無奈道：「那……好吧。」

女助理站在那裡一時還不肯走，又對胡泰來道：「聽說參與奪回金玉佛的兩位也和您認識，不知方不方便透露他們的姓名？」

還不等胡泰來說什麼，王小軍霍然道：「我鐵掌幫王小軍做好事從來不留名！」他伸手拉過陳覓覓道，「武當小聖女陳覓覓也是一樣的！」

女助理咯咯嬌笑道：「那兩位願不願意跟我一起去見金先生呢？」

陳覓覓無奈地翻了個白眼……

·第八章·

你們都是好孩子

王小軍嘿然道：「這就算我們三個一起的願望吧——說起來我們也滿足了，十億攤在每個人頭上，我的願望也值三億多呢！」

金信石面帶微笑把他們送到門口，溫和道：「我沒看錯，你們都是好孩子。」

門口停著一輛七人座的商務車，女助理殷勤地把三人請到車上，王小軍湊近女助理道：「美女，能不能提前透個底，金先生叫我們去到底想幹什麼？」

女助理笑道：「當然是表達謝意了。」

「怎麼個表達法嘛？」

女助理諱莫如深道：「這個金先生可沒說。」

車停到本地最高級的賓館門口，女助理帶著三人進了賓館的會議室，一路走來，隨處可見執勤的員警，警方看來確實到了草木皆兵的地步。

幾個人剛到會議室還沒坐下，金信石已經大步走了進來，眼望胡泰來遠遠地就伸出了手，胡泰來只得也伸手迎了上去，金信石雙手握住胡泰來的手使勁搖了搖，鄭重道：「恩人！」

胡泰來尷尬道：「金先生，這個稱呼我受之有愧，襲擊您那幫人也是通過詭計先陰了我們，您受到驚嚇，我們也是有責任的。」

金信石擺手道：「我聽說過一些，不管怎麼說，要不是胡老弟，我這會說不定已遭對方毒手，你是我救命恩人這一條是千真萬確的。」

女助理在一邊介紹王小軍和陳覓覓：「這兩位是見義勇為幫助奪回金玉

佛的王小軍先生和陳覓覓小姐。」

金信石熱情地道：「金玉佛就是我的命根子，從這個角度上講，二位也是我的救命恩人呀。」

胡泰來開門見山道：「這次我們本來不想來，一來金先生差點出事，我們推卸不了責任，二來，就算是路見不平，我們出手也是應該的。」

金信石微笑道：「現代社會，胡老弟還有這樣的覺悟，那就更難得了。」

他頭髮花白、戴著金絲眼鏡，不像是成功的商人，反而更有學者風度。

老頭隨即認真道：「我看咱們誰也別客氣了，警方跟我說了，兩位小友在公路上追回金玉佛，弄到車毀人亡，寶貝是你們用命換回來的；胡老弟更不用說了，我眼睜睜地看著你吐血還不放棄，我要是不做點什麼於心難安呀。」

王小軍道：「那您想做點什麼呢？」

「呃……」金信石見他這麼直接，反而有點不知道該說什麼了，頓了頓道：「三位如果有什麼要求，儘管可以提出來。」

陳覓覓小聲道：「這是讓咱們獅子大開口啊。」

王小軍喜笑顏開道：「我怎麼感覺像是遇上阿拉丁神燈了？」他問金信

石，「不管什麼要求都能說嗎？」

金信石微笑道：「不妨說說看。」

王小軍道：「每人限一個嗎？」

「呃……也不是……」

陳覓覓見狀道：「您別理他，我們沒什麼要求。」

金信石道：「別呀，你們總得給我點表示的機會，能用錢搞定的就用錢，錢搞不定的，再想別的辦法。」

王小軍對胡泰來道，「老胡，你是第一恩人，你先提。」

胡泰來不知為什麼，忽然陷入了怔怔之中，王小軍跟他說話他恍若未聞，王小軍又喊了他一聲他才猛然驚醒，隨即滿臉通紅道：「是不是多少錢的要求都行？」

金信石自信滿滿道：「是的！」

胡泰來訥訥道：「那您有十億嗎？」

此言一出，王小軍驚詫地和陳覓覓對視了一眼，低聲道：「嘖嘖，老胡比我還狠呀！」

「咳咳——」金信石臉上的表情完全是那種口袋裡揣了兩千塊去買蛋

糕、結果老板卻開價兩千五的尷尬樣，他想到這個貌似忠厚、剛才還信誓旦旦什麼都不要的人居然一開口就是十億！

王小軍小聲對胡泰來道：「老胡，你是不是要的有點多呀？」

胡泰來紅著臉對金信石道：「這錢不是給我，那天救您的時候，現場還有個姑娘你還記得嗎？」

金信石道：「有印象。」

胡泰來道：「她叫唐思思，救您的事上她也出了力，這個要求我是替她提的。其實這筆錢也不是給她，而是替她做一項投資。」

胡泰來把峨眉派需要投資商場、唐思思違心讓未婚夫家裡出錢的事說了一遍，最終他道：「思思並不喜歡那個男人，但她無法徹底擺脫他也是因為這筆投資，所以我想冒昧請您把這筆錢還給她未婚夫……」

金信石這才從「驚魂未定」的狀態中走出來，饒有興趣道：「有意思，你的要求居然是讓我給別人投資，可是這樣你半點好處也得不到。」

王小軍口快道：「你知道啥啊，唐思思和她未婚夫撇清了關係，他不就有機會了嗎？」

金信石笑道：「原來如此，胡老弟還是個性情中人。投資商場，我以前

接觸得很少，所以我得先進行風險評估，不過胡老弟你放心，我說了，只要用錢能搞定的，那都不是問題。」

胡泰來滿頭大汗道：「多謝金先生。」

金信石說幹就幹，把女助理叫進來道：「峨眉山旁邊有塊地，是蜀中實業投資的，準備建一個大型購物廣場，你去查一下，看進展到什麼地步了，算算把投資權拿回來得多少錢。」

王小軍五體投地道：「雷厲風行呀。」

金信石苦笑道：「誰讓我欠你們的呢?!」

王小軍道：「現在後悔引狼入室了吧？」

金信石一笑道：「我也是開玩笑，你們兩位為了金玉佛怎麼出生入死我沒看見，可是胡老弟為了救我把命豁出去，我是眼睜睜見了的，現在這種捨己為人的人還有多少？我知道你們都是好孩子。」

不一會兒工夫，女助理回來了，彙報道：「金先生，我查過了，那塊地還在，蜀中實業並沒有投資，說是資金不足。」

「什麼？」胡泰來和王小軍都大吃一驚。

金信石道：「看來你意中人的未婚夫騙了她，顯然他也沒什麼誠意。」

女助理道：「金先生，那這錢我們還投資嗎？」

金信石道：「做評估了嗎？前景怎麼樣？」

女助理言簡意賅道：「當地還沒有類似的大型購物場所，這塊地位置不錯，購物、美食、超市都有人潮，值得再做規劃。」

金信石聽了道：「這麼說還是個商業契機，你去接洽一下這塊地的負責人，三天後給我一個書面報告。」

「是。」女助理又風風火火地出去了。

金信石笑道：「你們這一趟，我沒能幫上你們什麼，反而是你們給了我一樁好買賣。」

王小軍道：「也不是這麼說，這事懸著始終是老胡的心病，您能投資我們還是要感謝您。」

金信石道：「那你們的願望呢，你和陳小姐還沒說。」

王小軍嘿然道：「我們還有啥願望啊，這筆錢一出，您手上也不寬裕了吧？這就算我們三個一起的願望吧——說起來我們也滿足了，十億攤在每個人頭上，我的願望也值三億多呢！」

陳覓覓也點頭。

金信石道：「可以提除了錢之外的願望嘛。」

王小軍起身道：「除了錢，我們啥也不缺，告辭了！」

金信石面帶微笑把他們送到門口，溫和道：「我沒看錯，你們都是好孩子。」

出了賓館，胡泰來沉聲道：「小軍，覓覓，謝謝你們幫我了了一樁心事。」

陳覓覓笑道：「別客氣，這都是我們應該做的。」

王小軍忽然長嘆了口氣，陳覓覓道：「你怎麼了？」

王小軍憂傷道：「咱們替別人做完了十億的買賣，自己的修車錢還沒著落呢。」

三個人回來的時候，黑虎門眾人正一個個正襟危坐在桌前，桌子上擺著各式炒菜，廚房裡嗤啦嗤啦一聲聲響，唐思思不斷把新的菜端上桌，院子裡瀰漫著令人不可抗拒的香味。

老三見胡泰來回來，苦著臉道：「掌門，你終於回來了，我們大家都等你吃飯呢，眼見這麼多好吃的光看不能吃，我們可受罪了。」

胡泰來一笑道：「我去請師父，咱們馬上開飯。」

祁青樹自己搬著小桌出來了：「不用請，趕緊吃吧。」

唐思思端上最後一個菜，正想去和霹靂姐她們坐一起，祁青樹招招手道：「丫頭，你來。」於是唐思思挨著祁青樹，坐在了胡泰來他們一桌。

祁青樹問胡泰來道：「金信石找你們去有什麼事嗎？」

王小軍碰碰胡泰來，胡泰來不自然道：「思思，告訴你一件事，曾玉家並沒有給峨眉派投資。」

「什麼？」

唐思思也十分意外，不過她的神色很複雜，既有被欺騙的憤怒，也有釋然的欣慰，這麼長時間以來，唐思思始終無法正面拒絕曾玉，一是家裡的壓力，主要還是因為她以為曾玉按照她的意思給峨眉派投了資，拿人手短，她在西安差點嫁給曾玉也是因為這個原因。

唐思思恍神了一下道：「你們是怎麼知道的？」

王小軍道：「金信石為了謝救命恩人，讓老胡提個條件，老胡就讓老金代替曾家投資，一問之下才知道曾家根本沒拿一分錢，老胡為了讓你徹底寬心，索性讓金信石繼續投資，絕了曾玉這份念想。」

胡泰來忙道：「這是我們三個人一起的願望——從此以後你不欠曾玉什麼了。」

唐思思欣然地長出了一口氣，接著道：「對你們三個我就不說什麼了，不過這事還有老三和猴子他們的功勞，我應該好好謝謝他們。」

祁青樹道：「你給他們做飯就算是謝過他們了，以前伙食都是歸老三管，泰來是知道，那味道……我都想離家出走了。」

眾人狂笑，唐思思的手藝在一幫粗漢中大受歡迎，祁青樹這半天筷子都沒停過，此刻院子裡到處都是扒飯聲。

唐思思道：「我還有個湯。」說著又鑽進廚房去了。

祁青樹看著她的背影點頭道：「這丫頭還知道不能平白受人恩惠，不錯，我是越看越愛，泰來，你可得把握機會啊。」

胡泰來恭敬道：「師父，我們還得走一趟，把思思的母親從唐門接出來。」

祁青樹道：「唐門現在的家主是唐德，那老頭自以為是土皇帝，從他眼皮子底下帶人，你們要做好『準備』呀。」

王小軍道：「老爺子明鑒！」

霹靂姐她們一起飛奔過來道：「師父，接下來我們打誰？」

胡泰來沉聲道：「不要胡說八道，你們怎麼還不走？」

霹靂姐道：「是師爺讓我們玩幾天的，是吧師爺？」

祁青樹也不動聲色道：「該走還是要走，學業為重嘛。」

於是，下午霹靂姐她們還是被不情不願地送走了。臨行前，胡泰來又諄諄教導她們要勤練功夫不許偷懶，霹靂姐笑嘻嘻道：「知道了，願師父跟我們共勉。」

胡泰來不明所以道：「我跟你們共勉什麼？」

藍毛道：「下次回來的時候，少個『姐姐』，多個師娘啊。」

胡泰來想板臉又忍不住赧然一笑道：「快走吧！」

整個下午王小軍都在發呆，他坐在臺階上，雙手抓著腳脖子一動也不動，好在熟悉他的人都見識過他這副尊榮，所以也不去管他。

臨近傍晚時，王小軍忽然一骨碌爬起來，從廚房提出一桶糙米放在當院，接著把唐思思喊過來，他問唐思思：「憑你的手勁打暗器，最佳距離是多遠？」

唐思思道：「六七米遠吧。」

王小軍估摸著走了七八步道：「這麼遠行嗎？」

唐思思點頭：「差不多。」

「好！」王小軍道，「現在你抓起桶裡的米打我，能抓多少就抓多少，看我能不能躲開。」

唐思思一愣道：「你是想模擬我二哥的散花天女？」

「沒錯，我們之間遲早要有一戰，我先練練。」

「好！」唐思思說幹就幹，抓起一把米就撒了過來，她手勁不差，打這種東西又不需要準頭，這一把米劈頭蓋臉地打過來，王小軍連躲閃的意識都沒有就被打了個正著，身上也就罷了，臉上挨了這一下可著實不好受。

王小軍抗議道：「你倒是打聲招呼啊。」

唐思思道：「你覺得我二哥出手之前會跟你打招呼嗎？」

王小軍想想也是，咬牙道：「再來！」

唐思思又是一把米打來，王小軍這次趁她彎腰就做好了準備，但這些米粒紛紛揚揚地灑來，他身子剛一動又被擊中，王小軍運了運氣，擺好姿勢道：「再來！」

這一回唐思思出手後，王小軍總算遠遠地躥了出去，但仍有少許米粒打在了他身上。

唐思思道：「如果我二哥的暗器上加了毒藥或者麻藥，你現在已經沒命了。」

王小軍洩氣道：「你先做飯去吧，我再練練。」說著，真就在院子裡東一下西一下地躥起來。

他利用張庭雷的秘笈把王東來缺失的內功強行接上以後，輕功確實有了空前的長進，不過這段日子沒好好練習，步伐還是很生疏，這會用心揣摩、總結經驗，等上燈時分，終於顯出了幾分伶俐，有時候有人在院子裡走動，他會迎面撞上去，眼看要碰在一起的時候又在瞬間躥到別處，一時間搞得人人自危。

吃過飯後，王小軍很得意地站在院子當中道：「再來！」

這次終於顯出了一點成效，唐思思揚出的米絕大部分已挨不著王小軍的邊，而且他不停在院子裡來回亂竄，這難度就更大了。

王小軍一邊四處躲閃，一邊得意道：「看，這問題不就解決了？打你二哥就這麼辦！」

陳覓覓看不過去了，道：「我跟思思一起打你！」

看著王小軍來氣的那些黑虎門弟子們紛紛道：「還有我們！」

眾人人手一把米，均運足了力氣向王小軍打去，就聽王小軍一聲慘叫，接著呸呸連聲道：「這是誰故意往老子嘴裡扔？咦，為什麼還有會動的米？」

唐思思道：「你應該有這樣的常識，米是不會動的，會動的是米裡的蟲子。」

接下來的幾天裡，王小軍把全部的時間都用來訓練躲避暗器，隨著他腳上功夫的日漸成熟，唐思思等人再用大米已經很難打到他了，隨之用小石子代替，但也只能是練個意思，因為誰都明白，這樣練無論是速度還是覆蓋面積都無法跟唐傲的散花天女相提並論。

這天下午，有人把一輛嶄新的、熠熠生輝的富康開到門外，來人捏著鑰匙客氣地問：「陳覓覓小姐是住這裡嗎？我是來送車的。」

陳覓覓聞聲跑出來一看，吃了一驚道：「這是我的車嗎？」

來人微笑著遞上鑰匙：「根據金先生的吩咐，我們把您的車修好了。」

陳覓覓坐進車裡發動了起來，她聽著聲音道道：「沒錯，引擎是我的，不過車門換了，還噴了漆。」

那人道：「所有老舊的零件我們都處理過了。」

陳覓覓下來繞著自己的車轉了一圈，欣然道：「簡直就跟新車一樣了。」

那人道：「如果您滿意的話，那我回去交差了。」

陳覓覓小心翼翼道：「這得多少錢呀？」

「哦，所有費用金先生已經付過了。」

陳覓覓一愣道：「那多謝了。」

大家都出來圍觀修好的車，王小軍見車裡連座椅都換了真皮的，不禁摸著下巴道：「別人是哪壞了修哪兒，你這倒好，基本上除了引擎整個翻修了一遍，這得花多少錢啊？」

陳覓覓道：「只怕跟買一輛新車差不多了。」

胡泰來道：「看來咱們又可以出發了。」

王小軍問：「你的傷好了嗎？」

胡泰來笑道：「不是所有事都得一切準備好了才出發的。」

王小軍一挑大拇指道：「好，有哲理，選日不如撞日，咱們現在就走！」

黑虎門的人聽說新掌門要走，全都出來相送，祁青樹背著手對胡泰來道：「怎麼這麼突然？」

胡泰來道：「思思嘴上不說，可我知道她心裡著急。」

祁青樹一隻手按在胡泰來肩膀上道：「記住，以後行走江湖，你就是黑虎門的掌門了。」

胡泰來道：「是，我不會給咱們黑虎門丟臉的。」

老三和丁侯往後備箱放了兩箱水，老三合上後蓋道：「掌門，一路順風！」

陳覓覓迫不及待地發動了車子，剛跑出五公里就欣慰道：「不錯，動我車的人是個行家，我還怕他們不懂亂弄呢。」

王小軍道：「讓我試試。」

陳覓覓道：「這一路去四川怎麼也得兩天，後面有你開的。」

「那我睡會兒。」他閉上眼靠在座位上半躺下，沒過幾秒鐘就扭來扭去，陳覓覓道：「你是不是過動兒啊？」

王小軍一骨碌爬起來道：「總覺得渾身不自在。」他在口袋裡摸索，結果掏出許多米粒和小石子來，打開車窗把它們扔出去道：「為了對付唐傲，我也是夠拼的了。」

唐思思道：「但是這個程度還不行，你要知道我二哥的散花天女可不是米和石頭，九百六十一顆影釘，只要有一顆躲不過去就是滅頂之災。」

王小軍沮喪道：「我也知道，但是在現有內功的基礎上，我的輕功也到了極限，看來要想有所提升，必須讓內功再進一步。」說到這，他掏出手機道：「不睡了，練會兒功。」

王小軍從手裡調出王東來的秘笈，他利用張庭雷的運行方法解決了第六張磁碟片的缺失問題，這會兒翻出第七張的內功心法，可是看來看去，別說練，看著都迷糊，搞了半天鬱悶道：「真是毫無頭緒啊。」

陳覓覓安慰道：「小軍，練功不能心急，練內功更是如此，你爺爺的秘笈上記錄的是你們鐵掌幫全部的心法，你還這麼年輕，怎麼可能在短時間內都練會呢？」

王小軍道：「話是這麼說，可是時間不等人啊。」

這時唐思思訥訥道：「咱們去我家，真的要大動干戈嗎？」

王小軍詫異地回頭道：「思思，這時候你可不能退縮啊！你都和家裡決裂了怕什麼？」

胡泰來感慨道：「說是決裂，可是又有幾個人真能做到呢？那畢竟是世界上和你最親密的人，而且鬧得太僵，別的不說，思思的父親怎麼辦？」

王小軍道：「你什麼時候成了心理專家啦？」

胡泰來道：「我也是將心比心，我師父跟孫立比武輸了，自覺顏面無光無法再擔任掌門，於是叫我回去，被我拒絕後傳位給丁侯，那是因為他知道丁侯不像我這麼衝動，這麼久不叫我回來也是為了我好，怕我找人報仇受傷，這就是親人，一時的氣話誰都有，但親情絕不會因為這個褪色。」

王小軍道：「你師父是傲嬌了一點，但是人不混蛋。」

胡泰來溫言道：「思思，你放心，不到萬不得已，我們儘量和你爺爺講理，就算受點委屈也無所謂。」

王小軍道：「那要是到了萬不得已呢？」

胡泰來抿了抿嘴唇道：「所以你練功我養傷，咱們兩手準備吧。」

經過兩天的跋涉，這天早晨他們終於進入四川境內，然後按照唐思思的指點，半下午的時候臨近唐門。

兩天裡，王小軍和陳覓覓輪流開車，車子下了公路，行駛在一條鄉間小路上，王小軍扶著方向盤，迷茫道：「思思，你家到底還有多遠啊？」

唐思思指著遠處影影綽綽的一幢圓形建築道：「看見了嗎？那就是唐

家堡！」

王小軍頓時來了神：「哇塞，別告訴我你們家真的住在城堡裡！」

唐思思道：「這有什麼稀奇的？」

王小軍道：「雖然咱們是上門鬧事的，不過，你爺爺還是會象徵性地招待咱們一下吧？」

唐思思撇了撇嘴道：「這可不一定。」

唐家堡雖然看著就在眼前，可是幾個人又往前開了將近四十分鐘，它依舊不遠不近地矗立著，就如同海市蜃樓一般，而且因為四川多山地，它時隱時現，像跟眾人捉迷藏一樣。

這時一輛摩托車從後面追上，那騎手大概是見外地車牌覺得十分稀奇，他和汽車並行，好奇地往車裡張望。王小軍探出頭，友好道：「老兄，我問一下這裡離唐家堡還有多遠？」

那騎手沒戴頭盔，和王小軍來了個面對面，兩人都驚訝道：「是你？」

原來騎摩托這哥們不是別人，正是在唐思思婚禮上出現過的唐門十三太保中的大太保！

大太保見了王小軍如同見鬼，二話不說，一轟油門遠遠地跑了。

王小軍苦笑道：「不歡迎也不用跑啊。」他問唐思思，「這就是你們唐門的待客之道嗎？」

唐思思道：「你又不是客——」說完自己也奇怪，「以大太保的脾氣，就算朝你丟飛刀也很正常，為什麼要跑呢？」

王小軍道：「看來唯一的好消息是：咱們真的快到了。」

果然，再往前開了二十分鐘，道路平坦了不少，路兩邊開始出現住家和小商店，而且道路十分整潔、從建築風格和廣告燈箱看，居然也並不落後。

原來唐家堡並不像王小軍想的那樣只是一棟獨立的城堡，他們儼然進入了一個小鎮，在這個遠離城市的偏遠地區，就像猛地來到了世外桃源。

陳覓覓驚訝道：「這裡住的人都姓唐嗎？」

唐思思道：「當然不是，這個地方在地圖上並不叫唐家堡，只不過這裡的人八成以上都要靠唐家才能活下去，所以約定俗成就成了唐家堡。」

王小軍道：「難怪你爺爺能當土皇帝，其實就是莊園主。」

胡泰來道：「既然這樣，我看我們還是吃了飯，休息一下再登門拜訪。」

王小軍道：「沒錯，吃唐家的飯我還怕中毒呢。」

他把車停在一家小飯館門口，那飯館老闆沒什麼生意，正坐在門口和人閒聊，見有輛陌生的汽車停下，神情頓時緊張起來，起身不由分說把門板逐一掛上，上最後一塊門板的時候自己鑽了進去，索性來個故步自封，把自己也關起來。

王小軍人還沒從車裡下來就被擋在了門外，小街上的人們見到他人人自危，瞬間各自回屋鎖門，剛才還熱鬧非凡的街道很快就冷冷清清了。

王小軍不滿地道：「我什麼時候成了淨街閻羅了？」

他無奈只有往前開，轉過一個彎來到另一條街上，這回，他把車停在一家飯館門口，探身喊：「現在有飯嗎？」

一個長相兇惡的婦女快步從店裡走出，操著濃濃的四川口音道：「快走，我們不做生意。」

王小軍納悶道：「為什麼呀？」

那婦女怒目橫眉，嘴裡嘰哩咕嚕講了一大串聽不懂的話。

唐思思鬱鬱道：「咱們走吧，她說咱們是瘟神。」

幾個人在最後一天一夜裡幾乎沒吃沒喝，就是希望能快點到唐門，這會餓得胃裡冒火，明明聞到了飯菜的香味卻被人拒在門外，其鬱悶可想而知。

陳覓覓道：「前面有個小超市，我們先買點水再說。」

王小軍又把車往前挪了一截，超市老闆顯然還不知道發生了什麼，王小軍走進來時，他還面帶笑容打了聲招呼，王小軍如遇救星，開口道：「我們買水。」

不料那老闆一聽王小軍的口音，臉上頓時罩了一層寒霜：「走遠些，莫惹麻煩！」

王小軍這會兒也來了氣，把一疊鈔票在手上摔著道：「我有錢！」

那老闆也不多說，快速起身把他推出門外，然後從裡面把門拴上了……

王小軍崩潰道：「這是什麼情況？」

唐思思從車裡下來，拍了拍門道：「是我呀。」

那老闆下意識地堆出個笑臉：「原來是大小姐。」

唐思思道：「快把門打開，我們買點東西就走。」

那老闆尷尬道：「大爺吩咐了，任何商家都不許賣東西給外頭的人，大小姐你也不例外。」

王小軍把一張一百元的鈔票從門縫裡塞進去道：「這些錢我們只要四瓶水，這總行了吧？」

老闆原封不動地把錢退了出來，不卑不亢道：「不行！」

陳覓覓道：「我明白了，大太保把咱們到來的消息告訴了唐聽風，唐聽風乾脆對咱們來個堅壁清野，想讓咱們知難而退，要不然就餓死在這裡。」

王小軍兇神惡煞般抬起手掌作勢道：「那我進去搶了你的，你能把我怎麼樣？」

陳覓覓攔住他道：「算了，別難為他了，咱們再想別的辦法。」

唐思思幽幽道：「我大伯居然連家門都不讓我進了。」

王小軍道：「我就不信有錢連頓飯也吃不上！」

陳覓覓道：「這是唐家堡，人家不想讓你吃你就吃不上，咱們的車太顯眼了，只要一看就知道我們是外地人，這樣吧，先把車藏起來。」

幾個人上了車，鬼鬼祟祟地在一棟廢棄的土屋後把車停好，王小軍收拾了一下身上道：「看來要想吃上飯，我們得冒充四川人——思思，你們四川人有什麼顯著特徵嗎？我這身打扮四川不？」

唐思思白了他一眼道：「四川人首先得會說四川話！」

王小軍一愣，陳覓覓忽然神秘一笑道：「我有辦法了。」

眾人道：「你有什麼辦法？」

陳覓覓道：「我們學不了四川人，但是可以學四川啞巴呀。」

王小軍納悶道：「四川啞巴？」

陳覓覓笑道：「相信我，四川的啞巴絕對也不會說四川話。」

王小軍道：「可是咱們也不會手語。」

胡泰來靈犀一點道：「咱們不會，別人更不會，總之就是瞎比劃，先吃他一頓飽飯再說。」

王小軍拍掌道：「高明！」

王小軍讓唐思思尾隨在後，對她道：「一會兒你就找地方躲起來，我們吃飽了以後再帶給你。」

唐思思滿臉鬱悶，只能點頭。

王小軍一指街邊：「那就有一家飯館。」

這家飯館規模同樣不大，因為店裡太小，所以在街面上露天擺了幾張桌子，門口的招牌上寫著「擔擔麵」「缽缽雞」。王小軍使勁碰碰陳覓覓和胡泰來：「從現在開始要注意自己的一言一行，不要穿了幫。啞巴有三直，你們一會看著點兒我，多學我。」

他把眼珠子定在眼眶中間，僵硬著身體走了上去，胡泰來和陳覓覓模仿著他的樣子，三個人直眉愣瞪地坐在攤上。

店老闆見來了客人，熱情洋溢地撲了出來，不等王小軍行動，他已經一邊呀呀叫著，一邊雙手來回比劃。

王小軍的汗頃刻就下來了，儘量保持嘴型不動，低聲道：「壞了，遇上真啞巴了！」

胡泰來也囈語似的道：「現在怎麼辦？」

「你猜有沒有不會手語的啞巴？」

「……」

·第九章·

夜襲唐家堡

三個人跑到大廳一看，見唐思思和周佳正站在窗戶前向外探望。唐家堡這會徹底陷入了混亂，弟子們衣冠不整、像沒頭蒼蠅一樣四處亂撞，大部分人都還沒鬧清楚到底發生了什麼事。說是有人夜襲，王小軍也沒看見任何敵人。

那啞巴老闆見三位客人不說話，就面帶笑容地在一邊繼續等著，王小軍冷不丁仰起頭張大嘴，然後伸手指了指自己的嘴，意思倒是很簡單明瞭。老闆連連點頭，把菜單遞了上來。

這時陳覓覓忽然站起道：「咱們走吧。」

王小軍意外道：「為什麼？」

陳覓覓道：「老闆是聾啞人，所以沒聽到唐聽風的警告，咱們在這吃飯，勢必給他惹來麻煩。」

胡泰來道：「不錯，是我粗心了。」

王小軍洩氣地站了起來，見櫃檯裡有盛好的一盤盤小菜，便往老闆手裡塞了一張錢，然後饞兮兮地端出一盤醬豬手來，陳覓覓衝他微微搖頭，王小軍只得長嘆一聲，忍痛離開了飯館。

三個人垂頭喪氣地走回來，唐思思見他們兩手空空，不禁詫異道：「你們學啞巴都被人看出來了？」

王小軍忽然咬牙切齒道：「罷了，不管去誰家吃，都是給人惹事，只有一家不必有這個顧慮。」

胡泰來道：「你是說……」

王小軍一指唐家堡：「就是唐家！」

唐家堡的頂尖就像俄羅斯方塊裡那個尖兒一樣，遠遠地就能看見，而且為了彰顯唐家在這裡的地位，周圍絕無比它更高的建築，王小軍盯著這個巨大的路標，幾乎用不著唐思思領路，自己就找上門去。

唐思思低著頭跟在最後，陳覓覓看出她有顧慮，皺眉道：「思思，我看咱們索性一不做二不休了吧，唐家已經不認你這個大小姐了，你媽的處境可想而知，咱們找到她直接離開就是了。」

唐思思想了想，咬牙道：「好！」

「到了！」王小軍遠遠一指。

唐家堡近看更增幾分巍峨，它高高地矗立在那裡，因為日經月累，磚石都呈現出深色色調，顯得根深蒂固又有些腐朽，就在眾人觀察它的同時，它的兩扇大門軋軋作響，慢慢合攏起來。

「別關呀，還有人呢——」王小軍一邊使勁揮手一邊拔腿就跑。

裡面的人見他靠近，反而更加賣力地關門，王小軍眼看還有兩步就摸著門邊了，兩扇大門哐噹一聲已經合上了。

王小軍在門上重重拍了一把道：「開門，你們大小姐回來了！」

這兩道大鐵門每一道都將近兩米寬、三米多高，就像城門一般，院牆更是高達五六米，裡邊的人顯然是發現了他們才特意關的大門。王小軍愕然回頭對唐思思道：「你爺爺不會真的連門都不讓你進了吧？」

唐思思抬頭喊道：「誰在上面？」

唐思思道：「你把門打開！」

大太保在城牆上探出頭來，皮笑肉不笑道：「原來是大小姐。」

大太保道：「對不住了，老祖宗說了，你從退婚那一刻起就不再是唐家人，唐家的大門不再對你開放，你要識趣的話就自己走吧，別讓我為難。」

唐思思道：「你讓我爺爺出來跟我說話。」

大太保道：「老祖宗不在唐家堡。」

唐思思道：「那你讓我大伯來見我。」

大太保依舊道：「大爺也不在。」

唐思思紅著眼圈道：「好，那你把我媽媽送出來，我們帶了她就走，絕不進唐家堡一步。」

大太保道：「這個我做不了主。」

唐思思氣結道：「你們不要欺人太甚，我只求帶我媽媽走。」

大太保嘿然道：「二夫人說起來也是唐門的人，她能不能離開，可不是自己說了算的。」

王小軍聽得氣血上湧，奮力在門上連拍三掌道：「開門！開門！開門！」

他本來是為了洩憤，但三掌拍過之後，意外發現這嚴絲合縫的兩扇鐵門被他掌力一撞，竟然顫顫巍巍地抖了幾下，當下又拍出一掌道，「你們不開門我們就打進去！」

大太保也大吃一驚，手間亮光一閃，擎出一柄飛刀道：「你再胡鬧我可不客氣了！」

唐思思站在王小軍身邊道：「有種你扎死我！」

大太保終究沒這個膽子，只得低頭喊：「把門關好，加鎖！」

就聽門裡一陣稀哩嘩啦的響，想是各種能上的鎖都上了，王小軍這會也動了真怒，一掌接一掌地拍在鐵門上，每一掌都如巨木岩石撞上，那門也不斷發出隆隆悶響，門頭接口處接連掉下土面鐵銹，門裡的人嚇了一跳，呼啦一下全都退出老遠。

大太保吃驚之餘，伸手丟出一柄飛刀射向王小軍，陳覓覓身形一閃已將飛刀接在手裡，她觀察著唐家堡的圍牆，高且滑不丟手，唐門也是武林世家，建的圍牆自然非同一般，輕功再好也不可能一躍而上，所以目前也只能靠王小軍的笨辦法，她低聲道：「小軍，行不行？」

王小軍把雙手在頭頂掰了掰道：「一會兒看我給你表演！」然後不再搭話，一掌掌拍了起來。

唐思思抬手把一顆鋼珠嵌入大太保身前的牆壁裡，厲聲道：「這是我的事，外人不要插手！」

大太保嚇出一身冷汗，登登登跑下去了。

那兩道鐵門在王小軍的狂轟亂炸下漸漸變了形，原本是嚴絲合縫的一個破折號「——」這時兩扇門中間出現了一個大豁口，從門外能看到門裡，從門裡也能看到門外，門裡的唐門弟子們隔著這個豁口和王小軍照了個對面，不禁人人自危，院子裡頓時出現兵荒馬亂、東奔西顧的混亂景象，有人不住大聲道：「進來了，他們要衝進來啦！」

又是十幾掌過後，那兩扇門成了一個電阻符號「Ω」，陳覓覓攔住王小軍，用兩手等量了一下那個豁口，微笑道：「不用打了，夠進了。」說著就要從這個洞口鑽進去。

「不行！」王小軍固執地拽住她，雙掌並舉，一起拍在其中一扇門上，門發出一聲巨響倒在地上，王小軍這才道：「跨界成功，我也練回『呼隆通』掌！」

陳覓覓走了進去，唐門弟子們呼啦一下湧上二三十人，呈半包圍攔在他們前面，只是個個慄生兩股，他們扶著鏢囊，誰也不敢出手，一來這些人畢竟是唐思思帶來的，是敵是友還不好說，二來，眾人心裡也跟明鏡一樣，對方有這樣的實力，自己不出手也罷了，一旦貿然出手引來攻擊，必然跟那道鐵門是一樣的下場，憑一雙肉掌攻城拔寨，他們還是頭一次見。

唐思思鐵青著臉大步走上前道：「還沒人來給我個交代嗎？」

大太保倉惶道：「快去把大少爺請出來。」

胡泰來站在王小軍和陳覓覓之間，冷靜道：「事已至此，咱們和唐傲一戰已經無可避免，只要他一出現，我就從正面撲上去，剩下的就交給你們了。」

王小軍道：「別衝動，我不行了再用你的辦法。」

「那樣就晚了。」

四個人和數倍於自己的人對峙著，只不過人多的一方個個面如土色，這時唐思思也徹底豁了出去，她傲然地站在最前面，眼睛盯著城堡的門口。

這時就聽有人冷冷道：「三妹，你這是鬧的那一齣？」唐缺慢慢走出，站在臺階上居高臨下地看著唐思思道。

唐思思失望道：「怎麼是你，都這時候了，爺爺和大伯還不肯出來見我嗎？」

唐缺道：「爺爺和我爸是真的不在，現在唐家堡只有我在看家。」

王小軍道：「原來是山中無老虎，猴子當大王，哦不，你連猴子也算不上，頂多是隻刺蝟。」

唐缺盯著唐思思道：「你帶著一幫外人攻進唐家堡想幹什麼，你是連最後一點親人的情面都不講了嗎？」

唐思思立刻道：「不講情面的是你，如果我們不用這樣的辦法，連大門都進不來。」

唐缺把手按在腰側的針囊上道：「你到底想幹什麼？」

唐思思一字一句道：「我要帶我媽離開唐家。」

這時，一個溫婉的女聲驚喜道：「思思，你回來啦？」

一個中年女子邁步從大廳走出，她四十多歲的年紀，樣貌柔和可親，只是臉上帶著無盡的憔悴之色，正是唐思思的母親周佳。

唐思思見了母親，瞬間淚崩撲進她懷裡：「媽！」

周佳輕撫著唐思思的肩頭，柔聲道：「別哭。」她看看院子裡劍拔弩張的架勢，用商量的口吻對唐缺道：「有什麼話我們回屋裡說好嗎？」

唐缺也不答話，側身閃在一邊。

唐思思掙出母親的懷抱道：「媽，咱們走吧，我再也不想進這個家了。」

周佳溫和道：「傻話，怎麼能到了家門口不進去呢？」她看了看王小軍等人，招手道：「你們也進來吧。」

唐思思無法，只好跟著母親往大廳走去，王小軍顧不上思思和親媽久別重逢的溫情，緊走兩步，小聲對周佳說：「阿姨，我們餓了，給我們弄點吃的吧。」

周佳一愣，接著道：「好。」

陳覓覓無語地看著王小軍道：「你真說得出口。」

王小軍委屈道：「你以為我哪來的洪荒之力能把鐵門打破？我是想唐家堡裡可能有麻辣鍋才那麼賣力的嘛！」

王小軍他們隨著周佳進了唐家堡，這間城堡也正如王小軍想像的那樣，

顯得幽暗而諱莫如深，建築主要由木頭構成，看上去很有質感，有些地方也因為年久失修走上去吱吱作響，十分有恐怖片的氛圍。

王小軍邊走邊四處張望，小聲道：「思思從小在這種地方長大，沒變態就算不錯了。」

周佳把眾人領在一個小偏廳裡，溫和道：「你們先坐，我去給你們做飯。」

「我跟你去。」

唐思思跟母親來到廚房，發現周佳自己有口小灶，灶邊只放著一些青菜，再也忍不住紅著眼睛哽咽道：「媽，你就吃這個？」

周佳一笑道：「是我自己願意吃素的，而且一個人做，要吃什麼也方便。」

唐思思怒道：「他們已經不讓你上桌了？」

周佳只是微笑，唐思思無奈，只好幫著母親摘菜。

唐缺跟在眾人後面進了屋，王小軍探頭張望，見唐缺面前擺著五六個豐盛的菜，便邊招手邊嚷嚷道：「阿姨，思思，別忙活了，這有現成的。」

唐缺愕然之際，王小軍已經在餐桌上坐了下來，這張巨大的實木餐桌至少能坐二十個人，他讓開主座和兩邊的首席座位，坐在右手第一的位置，這也昭示著他在家族中的地位，他面前只擺了一套餐具。

聽到王小軍的聲音，這時周佳已經炒好第一個菜，見眾人就坐，不禁局促道：「咱們去外面吃好了。」

王小軍馬上發現了問題，盯著唐缺道：「你孀子還在家裡，你就一個人吃飯？」

唐缺冷冷道：「你有意見嗎？」

王小軍道：「我先不跟你計較，我們和你一起吃，你不介意吧？」

唐缺道：「你不怕中毒？」

王小軍問唐思思：「你們唐家有那種在自己飯裡下毒，然後練習解毒的變態習慣嗎？」

唐思思搖頭。

王小軍這才對唐缺道：「我不怕。」

唐缺冷冷道：「可是我介意。」

王小軍道：「那你就當這頓飯是我們搶來的，這麼想會不會讓你舒服一點？」

唐缺無語，乾脆厭惡地站起來走到了一邊。

王小軍招呼眾人：「都別看著了，吃！」

周佳道：「這……」

唐思思把她按在主座上道：「媽，吃完這頓飯你就跟我們走吧，這個家裡不待見女人，我們也不稀罕。」

眾人開始狼吞虎嚥起來，王小軍邊吃邊點評道：「嗯，這麼多菜，還是阿姨的手藝最好。」

王小軍風捲殘雲一般吃光面前的菜，又用湯泡了一碗飯，這才抬頭問唐缺：「喂，你爺爺去哪了？」

唐缺瞪了他一眼，本不想回答，又覺得不說話有示弱之嫌，這才面無表情道：「今天有位武林中的重要人物抵達四川，我爺爺去迎接他了。」

「誰呀？」王小軍隨口問。

唐缺沉默表示拒絕回答。

「哦，那你爸和思思他爸呢？」

周佳接口道：「思思的大伯和父親還在西安處理藥廠的事，明天才回來。」

王小軍忍不住問：「唐傲呢？」

周佳道：「唐傲和他爺爺在一起。他們要接的人今天晚上的火車到四川，他們會在城裡住一夜，大概明天一早才能回來。」

王小軍笑道：「來得早不如來得巧，唐家老小都不在家，居然讓咱們撲了個空。」

唐缺冷笑道：「看來你很怕唐傲？」

王小軍也不否認：「不怕你就行了。」

唐缺道：「你們到底有什麼目的？」

唐思思道：「我不是說了嗎？我要把我媽帶走，從此再也不看你們的臉色了！」

唐缺看著周佳道：「走不走由你決定……」

王小軍道：「廢話，不然還由你決定?!」

唐缺不理他，繼續道：「可是我要提醒你一點，如果你以這種方式離開唐門，那無疑是背叛，以後唐家的大門將永遠對你關閉。」

王小軍拍拍手道：「沒事，反正我走任何門都不用鑰匙。」

這時周佳道：「孩子們，吃飽了嗎？」

陳覓覓道：「吃飽了，咱們現在就可以走了。」

周佳忽道：「我不能和你們走。」

唐思思急道：「為什麼呀？」

周佳溫和道：「你想沒想過，如果我走了，你父親該怎麼辦？」

唐思思道：「現在哪還顧得了那麼多，爸是唐家人，不會有人為難他的，再說……我看他也從沒關心過我們母女倆。」

周佳道：「不能這麼說，你爸他有自己的苦衷，我們要這樣走了，他以後就剩孤苦伶仃的一個人了。」

唐思思苦勸道：「媽，你也清楚爺爺他們並沒有把我們一家放在眼裡，這樣吧，你先和我們走，實在不行，我再把爸也接出去。」

王小軍道：「對，大不了我們再來一趟。」

周佳搖頭道：「唐門決不能起內訌，我們本來就不強大，如果分裂了，人家就會趁機來欺負我們。」

唐思思急道：「媽，都什麼時候了，你還管他們家的事？」

胡泰來道：「伯母，那你想怎麼辦？」

周佳想了想道：「這樣吧，你們先走，明天思思的爺爺回來以後，我去跟他商量一下，就說我想去外面住一段時間，說不定他會同意呢。」

王小軍一針見血道：「您這是想把我們支走，然後一個人扛雷，如果這樣，我們只能強行把您帶走了，這個雷我來扛，唐門想找人算帳，讓他們來找我好了。」

周佳堅決地道：「總之我不能跟你們走，帶著我，你們離不開四川的。」

唐思思這才明白母親其實是擔心得罪了唐門，給自己等人惹禍上身，她急切道：「媽，你不用怕爺爺他們，我這幾個朋友都很有本事，這是鐵掌幫的王小軍，這是黑虎門的胡泰來。」

王小軍攬著胡泰來的肩膀特別介紹道：「嚴格說，這是黑虎門的掌門，至於這位美女，是我女朋友陳覓覓，她是武當派的。」

周佳微笑道：「上次在西安我都見過了，知道你們都是很棒的年輕人。」

唐缺冷冷道：「想用大派的名頭壓我們唐門嗎？」

王小軍剔著牙道：「瞧你這話說的，就算是又怎麼樣！」

唐缺道：「我們唐門從不怕任何門派……」

王小軍道：「說這話的都是膽小鬼，我現在就把阿姨帶走，如果你們唐門不服，那我送你們四個字：歡迎來戰！」

周佳語氣堅定道：「孩子們，我真不能跟你們走。」

唐思思跺腳道：「媽！」

這時胡泰來道：「這是伯母的最後決定了嗎？」

周佳點頭：「是。」

「好。」胡泰來道，「伯母不走，我們也不走，明天等思思的爺爺回來，我去跟他說。」

這次輪到周佳急了：「你們這不是胡鬧嗎？這裡可是唐門的地盤。」

大太保全副武裝，帶著他的十二個兄弟還有若干唐門弟子，在餐廳門口探頭探腦地張望，王小軍招手道：「別鬼鬼祟祟的了，都進來吧。」

大太保手持兩把飛刀，怒目橫眉道：「你想幹什麼？」

王小軍道：「麻煩你給我們準備四個房間，今天我們就住這兒了。」

大太保愕然，他轉而看向唐缺，唐缺點點頭，揮手讓他們退下，隨即冷笑道：「王小軍，你可不要後悔！」

面對打定主意的王小軍和胡泰來，周佳無論如何勸阻都無濟於事，她也看出這些孩子是下定了決心，又見他們又乏又累，也只好先讓他們住一晚，至於明天怎麼辦，那也只能走一步看一步了。

唐思思和母親一個屋正好敘舊，王小軍拖著疲憊的身體到了自己的房間，他剛把兩條腿放在床上，就聽陳覓覓在外面敲門道：「小軍。」

王小軍打開門道：「什麼事？」

「你跟我來。」陳覓覓把他領到自己的房間，說道，「我去洗個澡，你幫我看著外面。」

王小軍明白，身在是非之地，陳覓覓是保持了應有的警惕，所以讓他幫忙把風。

陳覓覓走進浴室，片刻就聽到水聲。透過磨砂玻璃，陳覓覓妙曼的影子映射出來，王小軍不禁心馳神往起來，他尷尬地想看看電視，結果發現房間裡壓根就沒有電視……

不多時，陳覓覓走出來，她歪頭擦拭著長髮，薄薄的睡衣下，玲瓏的身段若隱若現，尤其是兩條白嫩的大長腿，晃得王小軍不知道該看哪好，他咳嗽一聲道：「那個……我……」

陳覓覓道：「你也去洗吧。」

王小軍聽到這句話，立刻露出癡漢的笑容，口水直流，傻笑道：「那我去洗啦？」

陳覓覓見他一副不懷好意的樣子，瞪了他一眼道：「想什麼呢，洗完趕緊回去睡覺。」

王小軍洩氣道：「我還是回去洗吧，我又不怕人看——」他腆著臉道，「臨走給個睡前吻吧。」

陳覓覓臉一紅道：「不給，怕你把持不住。」

王小軍攤手道：「為什麼要把持啊，咱倆又不是外人，這深更半夜，孤男寡女，豺狼虎豹的……」

陳覓覓笑著在他臉上親了一下，王小軍正覺有戲，瞬間就被推出了房間。

王小軍苦笑一聲，只好死心回房睡覺。不過這幾天的奔波也確實累了，王小軍倒在床上，頭剛沾到枕頭就陷入了昏睡。

不知睡了多久，王小軍在睡夢中冷不丁就聽外面有人大聲喊道：「夜襲！有人夜襲唐家堡！」

王小軍瞬間清醒，一骨碌坐起身來喃喃道：「媽的，怎麼我去哪兒，哪兒就不太平？」

陳覓覓拍門道：「小軍，你還好嗎？」

「我很好。」王小軍開門出去，胡泰來也正從自己的房裡跑了出來，三個人相顧一笑。

胡泰來忽道：「不好，思思在哪？」

唐思思和母親同房，跟他們不在一層，陳覓覓急忙掏出手機給唐思思打電話，胡泰來扯開嗓子喊：「思思！思思！」

這時就聽唐思思的聲音喊道：「我在樓下。」

三個人跑到一樓大廳一看，見唐思思和周佳正站在窗戶前向外探望。

唐家堡這會徹底陷入了混亂，弟子們衣冠不整、像沒頭蒼蠅一樣四處亂撞，大部分人都還沒鬧清楚到底發生了什麼事。說是有人夜襲，王小軍也沒看見任何敵人。

唐缺跳到院子中間大聲道：「不要慌，把燈打開！」作為唯一在場的唐家主事人，他此刻也只能勉強自己冷靜應對。

有人把四周的探照燈打開，唐家堡的院子裡頓時亮如白晝，隨之，王小軍瞪大了眼睛，因為就見唐家堡一東一西兩邊的牆上各站著一個人，拉起了一張碩大無比的網，網上綴滿了強力磁鐵，這兩人在牆頭飛跑，這張網就在院子裡拖來拖去，負責警戒的弟子們和他們正迎面對上。

這畫面有意思就有意思在：唐家弟子的暗器多為鋼鐵所鑄，在這張磁鐵網前，他們的暗器一脫手就歪歪斜斜地被吸到網上，有些離網太近的弟子，暗器明明還在手裡拿著，但被磁性所吸，便不由自主地飛了上去，還有的弟

子的暗器從鏢囊裡「脫穎而出」，紛紛啪啪啪地被吸上了磁網。

王小軍樂不可支道：「有趣，能想出這個辦法的人也算是天才了。」

陳覓覓也笑道：「看來這張網是為唐門量身訂做的。」

牆上的兩人輕功絕高，他們拽著這張網來回奔行，儼然把唐門弟子的暗器當成了魚，要先來個斬盡殺絕，偏生有人不信邪，還在不斷地往上扔飛刀飛叉之類的暗器。

王小軍見狀，不禁感慨道：「看得我都想吃牛排了——走，咱們去外邊看得真切些。」

他們一出來，立刻引得唐門弟子們怒目而視，唐家堡今夜就住著他們幾個不速之客，現在鬧出這樣的亂子，眾人不約而同地都以為是王小軍搞的鬼。

王小軍高高舉起雙手道：「看，這些人跟我們沒關係，我們就看個熱鬧，兩不相幫。」

這時唐缺也到了氣急敗壞的地步，他屢屢掏出蜂毒針射向牆頭的兩人，但那蜂毒針又細又小，往往離目標還有十萬八千里的時候就被吸得渺然無蹤，唐家弟子大都不會輕功，那面五六米的高牆平時是防禦敵人之用，今天卻成了掩護對手的絕好屏障，唐門弟子們只能搬來梯子準備爬上牆頭迎敵。

王小軍懶懶問唐思思道：「你們唐門就沒有會打飛蝗石的嗎？」

他這句話提醒了唐門弟子，其實這些人裡也有會打非鐵質暗器的，只不過數量極少，那兩人輕功又極高，所以難成氣候，這會他們全都拋下擅長的暗器，滿院子裡撿石子往上扔去，雖然準頭差些，倒也起到了虛張聲勢的作用。

王小軍這時問唐思思：「牆上那倆人你認識嗎？」

那兩個人臉面上都沒有特意遮擋，看年紀不過都在三十歲左右。

唐思思搖搖頭，向周佳看去，周佳凝神看著場上的局面，皺眉道：「不管對方什麼來頭，他們必定所圖者大，有這樣本事的人，絕不會隨隨便便跑去別人家搞個惡作劇就算，何況這裡還是唐門！」

隨著唐門弟子們集體改換暗器，牆上兩人終於有點吃不消了，其中一人忽然吹了一個響亮的口哨，接著唐家堡的大門被人一掌拍飛！

這兩扇大鐵門今天也算倒足了楣，下午被王小軍先拍倒一次，一時間無法徹底修好，被弟子們暫時固定在那，這時再遭重創，被拍飛的鐵門帶著一股狂風倒捲進來，弟子們紛紛躲避。

門外，站著一個瘦小的人影，這人把自己裹在一件寬大的風衣裡，戴著帽子，用白布遮著臉，只露出一雙發亮的眼睛。

王小軍悚然道：「此人掌力不在我之下！不，或許還在我之上！」

那人一出現，唐門弟子們不約而同地又把目光集中到王小軍身上，一天之內見到兩個掌力非凡的人，眾人不禁又把兩人聯繫在一起。

王小軍攤手道：「又看我幹嘛，我不認識他！」

他話音未落，那人已經先聲奪人地開打了，他速度極快，東一躥西一躥，所過之處，凡有唐門弟子都被他一掌拍倒，片刻之間，他在院子裡轉了半圈，竟有一半的唐門弟子就此失去抵抗力，雖說他們不善近戰，可對上這人竟無一合之將也是駭人聽聞。

牆頭上的兩人壓力驟減，又開始兜著那張大網滿院晃蕩起來，悠閒的樣子就像大戲開場以後的龍套旗官一樣，那場景看起來既緊張又詼諧，可謂別開生面。

唐缺滿眼血紅，大喊大叫地指揮唐門弟子進行攔截，但是眼看已經難成氣候，那身穿風衣之人如影隨形地跟在那張網附近，全然不必擔心暗器來襲，網所過處他便隨之展開圍剿，唐門弟子就像落入了圈套的棋子一樣，被一片片吃淨。

看到後來，王小軍也覺得脖頸子發緊，那風衣人一語不發又乾脆俐落，占盡上風後，更不來和唐缺搭腔，竟似要憑三人之力掃平唐門，但從他下手的力度看，似乎又不是有深仇大恨的樣子，這三人的目的簡單又直接——就是要把唐門所有的人都放倒而後快。

第十章

帥氣的和尚大叔

王小軍見了這位帥氣的和尚大叔，不禁好奇地多打量了他幾眼，忍不住小聲問：「這個綿月是什麼人？」

陳覓覓在他後面道：「你行走江湖連綿月都不知道？他是少林派掌門妙雲禪師的師弟，武林裡拔尖的人物！」

王小軍眼瞅三人馬上就要攻過來了，忍不住道：「那位老兄，你想幹什麼我不知道，不過咱們有言在先，人不犯我我不犯人，我們跟唐門沒有任何關係，一會兒你可別誤傷了好人。」

唐缺怒目道：「我看這些人就是你招來的！」

王小軍嘿然道：「你愛怎麼說怎麼說，不過我提醒你一句，以你們唐門目前的實力，想要擺平你們，我們三個也夠了，還用得著叫人來?!」

唐缺想想這話也沒錯，不禁啞然。

這時周佳踟躕道：「孩子們，我有個不情之請……」

王小軍道：「阿姨，您是不是想讓我們幫忙？可我跟風衣哥已經說好了，我們兩不相幫。」

周佳面有難色道：「可是……我和思思畢竟還是唐家人，你們要有能力就幫唐門一把，就當是幫阿姨了。」

「這……」王小軍猶豫了片刻，他看看唐思思道：「思思，你怎麼說？」

唐思思見唐門弟子不斷倒下，臉上也有惻然之色，這時咬咬牙道：「幫忙！」

胡泰來一聽，二話不說就要往上衝，王小軍一把按住他，小聲道：「你照顧好這母女倆，我總覺得這事邪乎得很，不知道對方還有什麼後手。」說完，不等胡泰來同意已經撲向風衣人。

陳覓覓同時一起躍出，大聲道：「我去對付牆上的。」

她腳尖在牆壁上一點，身子輕飄飄地穩在牆頭之上，牆頭那人吃了一驚，想不到唐家堡裡還有這等高手。唐門弟子有人幾乎忍不住要喝起彩來，他們白天被王小軍嚇破了膽，這時又見識了陳覓覓的輕功，如此強勁的兩人化敵為友，加入了自己的陣營，他們的士氣也空前高漲起來。

王小軍往前一闖，擺開雙掌離風衣人還有十來步遠時，嘿嘿一笑道：「老兄，殺人不過頭點地，我也有點看不慣你的做法了，不過咱們講好，只分勝負不……」

那風衣人更不答話，突襲而上，雙掌發出破空之音，嗤嗤兩聲已經按在王小軍胸口，王小軍被打得連退了十幾步，只覺一股陰沉之力順著心肺入體，他和那人還沒交手已經受了不輕的傷！

陳覓覓失聲道：「小軍！」

那風衣人眼神一閃道：「你就是王小軍？」

王小軍苦笑道：「我就是。」

「好，那就讓我領教一下你的鐵掌！」

風衣人再次猱身而上，雙掌掛定風聲猛擊，王小軍只覺從小腹到胸口又辣又熱，似乎一口血就要噴湧而出。

他這次受傷，有八成原因是他對風衣人並無敵意，想讓對方知難而退也就是了，可是沒料到對方下手毫不留情，他等同受了偷襲；他並無輕敵之意，卻吃了輕敵之虧，這只能說明對方機詐陰險。

風衣人在知道他就是王小軍之後，似乎才真的動了怒意，雙掌每每帶著破空之聲，就如兩把尖銳的鑿子直鑽，王小軍起初以為他掌法也以剛猛為主，這時才知道自己錯了，此人內力深厚，但掌法極陰極柔，間或又有堂皇威猛的招式，就算王小軍沒受傷時也是勁敵。

這時他手腳微麻、內力運行不暢，戰鬥力陡然降了一半，遇上這一輪猛攻無法以硬相抗，還回去的幾掌都是鐵掌三十式中以守為攻的招式。

也正因為他看似隨意，也顯得這幾掌極為精妙，那風衣人微微點頭道：

「你這幾招果然還不錯。」

只是這嘉許的話裡並無半點暖意，就像師父在鼓勵徒弟一樣，可以看出此人平時也是極其自傲的性子。

陳覓覓見王小軍眼看就要支撐不住，加緊攻勢，她的對手在牆頭閃轉騰挪，盡顯伶俐，只是拳腳功夫差得太遠，數招之下就只有沿牆頭逃竄的下場，陳覓覓身子直掠而起，似乎要棄他不顧，去相助王小軍。

那人眼見陳覓覓背後露出了空門，緊趕一步揮拳打去，陳覓覓就像長了後眼一樣，側手用武當綿掌把他黏下牆頭，順勢在他肩膀上按了一掌，然後發足急奔向王小軍，如此一來，那張橫亙在唐家堡的大網終於發揮不出什麼功效了。

這時，胡泰來也已在救助王小軍的半路上了，陳覓覓在他身前一閃道：「讓我來！」她面帶怒色，婉轉躍至王小軍身前擋住風衣人，厲聲道：「你好不要臉，竟然偷襲！」

風衣人不急不躁道：「兵不厭詐。」

王小軍按著胸口喘息道：「不怪他，怨我廢話太多，廢話太多永遠是打架的大忌……咳咳。」

「你下去歇著！」陳覓覓喝了一聲，上前截住風衣人大打出手。

那風衣人一雙手掌白皙細膩，身材瘦小，儼然像一隻緊湊的螳螂，出招快如閃電、兇狠、見機極巧，而最讓人難受的就是他那股陰柔之勁，每每在

人疏忽大意時猛然趁虛而入，陳覓覓的太極功夫講究氣定神閒才能發揮最大的威力，這會兒她又急又怒，又想著為王小軍報仇，出手不免意氣用事，好幾次差點被風衣人鑽了空子。

風衣人邊打邊悠然道：「武當小聖女好大的名頭，可是太嫩了些。」

王小軍見狀，再次加入戰團，三個人都是一等一的身手，只是王小軍受傷之後不能再和陳覓覓剛柔相濟，由此三個人也打得難解難分。

那張大網被破之後，先前牆頭上的兩人就此消失，唐門弟子一簇一簇地慢慢聚集起來，眼看強敵就公然在院子裡和王陳二人惡鬥，竟然個個束手無策。

唐缺大聲道：「還愣著幹什麼，給我打！」他抬手就要放針，手下有人道：「傷了自己人怎麼辦？」

唐缺喝道：「這裡哪有什麼自己人？」

這時周佳忽道：「大家別亂動，要是傷了朋友那就是作繭自縛，唐家堡的安危在此一舉——二太保，你帶人去守住門口，不要再讓人闖進來了。」

唐缺怒道：「唐家什麼時候輪到你說了算了？」

唐思思針鋒相對道：「讓你說了算，我們這些人都得死在這兒！」

唐門弟子們自然也有自己的小算盤，王小軍和陳覓覓雖然也不算什麼堅定的盟友，不過這兩人畢竟無害，而且還在為了保護自己等人拼命，而場上的對頭只有一個，暗器扔出去打到友軍的比例是三分之二，誰都能看出王陳組合一破，誰也無法擋住風衣人，大夥誰也不是傻瓜，想來想去還是周佳的話靠譜，二太保一聲不響地帶著人去守門去了。

周佳又道：「大太保呢，快打電話讓老祖宗趕回統籌大局。」可是一時之間也無法找到大太保，有人應了一聲去辦了。

這時場上局面仍然焦灼萬分，唐缺手裡捏著一把蜂毒針，見平時對他敬若神明的弟子們都臉色不善地盯著他，無奈也只好呆呆地垂下手來。

大太保的身影遠遠地出現在院子一頭，他雙手捂著脖子，嘶聲道：「大少爺不好了，暗器譜被偷走了！」

唐缺臉色劇變，幾個起落就趕到了大太保身邊，他來不及多說，順著屋後的巷道跑了下去。大太保就踉踉蹌蹌地跟在他後邊。

周佳眉頭微皺，似乎感覺哪裡不對，驀然間她喝道：「壞事！中計了！」她側頭見只有胡泰來在身邊，於是在他背上一拍道，「泰來，我拜託你一件事，你去跟上唐缺，無論他要幹什麼，你一定要阻止他！」

胡泰來不明所以，但聽她這麼說，急匆匆應了一聲跟了過去。

唐缺飛奔至唐家堡後面的草坪上，他沿著牆邊細數幾聲，隨即來在一片空地上，俯身摸索到草坪裡隱藏著的三塊圓石，按某種順序各自敲擊了幾下，就聽紮紮聲響，草坪中竟升起一面電子牆，上面閃爍著綠色的數字，唐缺飛快地輸入密碼，三塊圓石之間的地板轟然打開，露出了一個黑黝黝的地洞。

這時大太保也隨後而至，唐缺顧不上看他，面色凝重道：「幫我看著，別讓外人過來。」

大太保眼睛裡閃著特異的光芒，饒有興趣道：「原來這就是唐家堡的暗室——」

唐缺再遲鈍此時也微覺不對，他剛要出口呵斥，身後風聲颯然，大太保從後欺近，唐缺指尖一動，四枚蜂毒針已處在預備發射狀態，大太保出手如電擊，住唐缺手腕順勢一按，四枚蜂毒針全部刺入唐缺腰間，唐缺只覺身體一顫，再無反抗之力，軟綿綿地滑倒在地，眼睛全是恐懼。

大太保閃身進入洞裡，頃刻拿著一本羊皮本施施然走出來，他把羊皮本在手上掂著，得意道：「真是得來全不費工夫。」

唐缺眼中的訝異之色更深了，因為他發現他面前的大太保無論身材還是外貌固然都跟以往一般無二，但是他的聲音已經完全變成另外一個人……

胡泰來按照周佳的指示循著前面兩人的路線趕到時，發現唐缺倒在地上，大太保手裡拿著一個本子神情歡悅，他想起周佳的話，厲聲喝道：「把東西放下！」話音到時，拳頭也轟然而至。

「大太保」沒想後面還有人，吃驚之餘就想躍上牆頭，但胡泰來拳頭來勢兇猛，如果置之不理，恐怕半空中就會被擊落，他斜著飄開，胡泰來如影隨形地貼了上來，他觀察局勢，也知道這人手裡的東西至關緊要，於是不敢有絲毫大意，雙拳揮舞成兩團勁風，把「大太保」壓制在這股風裡。

「大太保」沒料到還有外人參與，這時連連後退，他冷聲道：「既然不是唐門的人，何必多管閒事？」

胡泰來也是一愣，他先前聽過大太保的聲音，不禁疑竇更深，於是又叫道：「東西放下！」

「大太保」被逼無奈，把羊皮本往腰裡一掖，就在草坪上和胡泰來動起手來。

他身形飄忽，用的全是反關節法，小擒拿、小技巧、寸勁寸發，如果把胡泰來的拳形容成是一把大榔頭的話，他的功夫路數更像是一把小鎖頭，旨在尋找機會把人鎖住——大榔頭威力雖猛，但皮糙肉厚的人中一下或許還有扳回局面的餘地；小鎖頭卻陰險狡詐，鎖的乃是人體的關節穴位，只要中招，勢必再無抵抗之力。

要是平時，胡泰來遇上這樣的對手可說也沒必勝的把握，甚至兩人風格迥異，鹿死誰手也不一定，不過這會他記掛著周佳的話，心無旁騖地要把羊皮本奪下來，於是每一招都毫無保留。他的想法很簡單——就算你能鎖住我，但你中我一招之後也必須留下來！

兩個人在草坪上翻滾地惡鬥，看似一個輕飄靈動渾不著力，一個進攻兇狠破釜沉舟，這架似乎要綿綿無期地打下去，其實兩個人都被籠罩在無限凶險中，只要一招不慎，馬上就會判決生死。

唐缺在倒地的瞬間想去口袋裡掏解藥，然而手腳也在瞬間失去了知覺，他的意識變得格外清醒，身體卻已經像斷了電的機器一樣戛然僵硬，心也開始無限下沉起來。

他的蜂毒針上淬的是按照唐門古法遺留下來的毒汁，普通人只要被針尖刺破皮膚的瞬間就會失去抵抗，他也曾在有人照料的前提下試過效果，那滋味他只嘗了一次，就再也沒勇氣面對了，也正因為如此，他對自己的蜂毒針很是自負，認為只要無論是誰，只要中招就必然任自己擺佈，今天終於作繭自縛，自食惡果。

他用唐門特殊的心法延緩呼吸，這個辦法能給他帶來比別人多三分鐘的救助時間，三分鐘一過，他也會像別人那樣落下重殘，到時除了呼吸以外，他甚至連眼睛都不能眨動。

唐缺倒在地上，眼睜睜地看著胡泰來和人生死相拼，計算著自己人生中最後的三分鐘，隨著時間一分一秒的流逝，他終於流下了絕望的淚水。

胡泰來的呼吸漸漸沉重起來，他重傷未癒又遇強敵，幾十手重拳打出去以後氣息控制不暢，身子也笨拙起來，「大太保」森然道：「嘿嘿，原來是中看不中用，讓你早罷手你不聽，現在後悔了吧？」

大太保是個五大三粗的壯漢，說話也甕聲甕氣，這人頂著大太保的樣子，聲音卻偏尖細，畫面和語音結合，讓人有種強烈的出戲感，胡泰來這時也知此人必定是假冒的，他心念一動，忽然厲聲道：「把真武劍還來！」

「大太保」聞言吃驚道：「你怎麼知道？」

這句對話發生在兩人一錯身的空檔，「大太保」欺胡泰來身法不靈，哧溜一下又轉了半個圈子繞到了胡泰來身後，不料胡泰來在方寸之間轉圜極為巧妙，已經先一步踏後在原地等著他，兩人一照面，胡泰來神威凜凜地一拳打來，「大太保」驚呼一聲肩頭被掃中，隨即整個人也像片蜷縮的樹葉似的捲曲起來。

他拼盡全力向後掠去，胡泰來在剎那之間探手把羊皮本從他腰上摘了下來，「大太保」遠遠地看著胡泰來，心有不甘卻又不敢再戰，飛身上了牆頭，打了個呼哨便悄然而去。

胡泰來手握羊皮本低頭看著地上的唐缺，唐缺這時眼中神采漸失，嘴唇卻在不停翕動，胡泰來把耳朵湊上去道：「你說什麼？我該怎麼幫你？」

唐缺用微弱的聲音道：「藥……藥……」

胡泰來把他口袋裡的東西都抖落出來道：「哪種顏色？」唐缺口袋裡零碎可著實不少，光是小藥丸就有好幾種顏色。

唐缺又道：「紅……色……」說完這句話他就後悔了，因為他突然想起以前在鐵掌幫，他也曾這樣居高臨下地看著胡泰來，並且折磨過他，在這個時刻，胡泰來如果「一不小心」弄錯了顏色，甚至他什麼都不用做，只要再磨蹭上十來秒，自己也只有死路一條！

胡泰來二話不說，捏起一顆紅色藥丸拍進唐缺嘴裡，又在他胸前揉了幾下，半分鐘之後，唐缺的四肢開始微微抽搐起來，臉色慢慢恢復了正常，終於一挺身坐了起來。他的目光自始至終都死死盯在胡泰來手裡的羊皮本上，這時竟不敢貿然出口索要。

「哦，給你。」胡泰來很乾脆地把羊皮本塞給唐缺，接著伸手道：「來，我拉你起來。」

唐缺微微一愣，但見胡泰來坦率的目光，不由自主地把手遞過去，胡泰來拽起唐缺道：「前面好像還在打，我們一起去看看。」

那風衣人聽到呼哨聲知道已有結果，這時他面對王小軍和陳覓覓的夾攻已不占上風，冷颼颼道：「好，鐵掌幫和武當派以多勝少，果然了不起。」

王小軍道：「你嘲諷也沒用，我倆加起來才多大，對付你這種『老前輩』，我們可不嫌丟人。」

風衣人聞言冷笑道：「『老前輩』嗎？呵呵呵，好笑，好笑。」

雖是冷笑，竟然有幾分清脆，他雙掌一推將二人逼開，轉身順著破爛不堪的大門揚長而去。

王小軍和陳覓覓面面相覷，接著異口同聲道：「女的？」

唐家堡暫時諸事落定，王小軍和陳覓覓回憶起那風衣人的身姿、語調，一致同意他應該是「她」。陳覓覓思索片刻道：「此人不但是個女的，而且年紀跟咱們差不多大。」

王小軍道：「年輕一輩裡還有這等高手？」

陳覓覓道：「天外有天人外有人，這有什麼稀奇？」

王小軍道：「快別說這種自欺欺人的話了，咱倆難道不是數一數二的人物嗎？」

陳覓覓聽他這樣自吹自擂，不禁翻了個白眼。

王小軍又道：「就算是個女的，也必定是個醜女。」

陳覓覓忍不住道：「你怎麼知道？」

王小軍鄙夷道：「打了半天也沒發現她是個女的，可見沒胸沒屁股。」

陳覓覓無語道：「你傷的怎麼樣？」

王小軍只覺被風衣人拍過的地方劇痛之後接著絲絲麻癢，一運氣總是不大得勁，可又不像有大礙的樣子，於是擺了擺手。

唐缺手裡死死攥著羊皮本，臉色蒼白地走了出來，唐家弟子紛湧而上道：「大少爺！」

唐缺厲聲喝道：「大太保呢？」

有人喊道：「在這兒。」

大太保被人打倒在角落裡，身上衣服也被剝走，整個人萎靡不振，顯然是著了暗算被人冒名頂替，唐缺滿腔的怒火無處發洩，見他這個樣子又不好再行懲罰，怒氣衝衝道：「今天晚上誰也別睡了，給我守夜！」

眾人都知道他是怕暗器譜再有閃失，於是唯唯而諾。

胡泰來走上來跟王小軍道：「如果我沒猜錯的話，今天來唐家堡的人應該是『千面人』，我喊了一聲真武劍，他明顯嚇了一跳，可惜讓他給跑了。」

陳覓覓恍然道：「他還是老套路，扮成內部的人擾亂視聽，想要渾水摸魚。」

胡泰來道：「對，他之前顯然是不知道暗器譜的所在之處，所以才使了

一招投石問路，讓唐缺親自領著他到了地方。跟他配合的那兩個人輕功很好，武功不高，正是神盜門的風格。」

王小軍大呼好險道：「幸好阿姨及時發現了對方的詭計，不然咱們還真就上當了。」

陳覓覓皺眉道：「我總感覺不對勁——你們想，神盜門這兩次出手，一次是針對真武劍，一次是針對唐門的暗器譜，這兩樣東西只有在武林裡才有特殊的意義，要說多值錢可未必，神盜門是個唯利是圖的組織，他們這麼費力不討好是為了什麼？難道就不怕引起眾怒，招來殺身之禍嗎？」

王小軍道：「別忘了，他們還曾想偷我們鐵掌幫的秘笈。」

唐思思問陳覓覓：「所以你在懷疑什麼？」

陳覓覓合理推測道：「我懷疑神盜門背後還有人主使，這人既是他們的主子，又是他們的靠山，所以這些小偷們才會如此肆無忌憚。」

王小軍道：「難道幕後的ＢＯＳＳ就是那個平胸風衣姐？」

陳覓覓道：「不會，她太年輕了。」

眾人議論紛紛，索性也不再睡。唐門弟子們簇擁著唐缺，更是眼睜睜地等天亮。

當第一縷朝陽照射在唐家堡時，二太保從門口疾步而回，連聲喊道：

「老祖宗回來，老祖宗回來了！」

唐門諸人一聽又懼又喜，急忙列隊去門口迎接，王小軍他們相互交換了個眼色，也慢慢跟了過來。

不等眾人出門，三個人大步走進唐家堡，當先一個老者短髮根根豎起，也不知道是惱怒所致還是平時一貫如此，看得出他此刻正在極力控制著怒火，然而當他看到破敗的大門時，再也忍不住高聲嚷道：「唐家的人呢，都死了沒？」

唐缺三步併作兩步跑上前去，隨即躬身站在這老者面前，竟是連話也不敢多說一句。

那老者正是唐門家主唐德，他看到唐缺第一句話就是：「暗器譜呢？」

唐缺低著頭，雙手將暗器譜捧上，唐德鐵青的臉色這才稍有緩解，他一把奪過暗器譜，劈頭蓋臉道：「幾個人，他們是誰？」

唐缺深知唐德暴躁如雷的性子，這是在問他夜襲唐門敵人的情況，他依舊低著腦袋，大氣也不敢出道：「回老祖宗，對方一共四個人，至於身分，

這個……還沒弄清楚。」

唐德手撫破門框，像是吶喊一般打個哈哈道：「好！唐門被區區四個人掃平，居然連大門都給拆了！」

王小軍見這老頭一副隨時崩潰的樣子，小聲道：「老胡，這唐家大爺可比你師父火爆多了。」

唐思思這時也不禁慄生兩股，小聲道：「別說話！」

說起門，唐門弟子都情不自禁地把目光集中到王小軍身上，唐缺訥訥道：「老祖宗，這門卻不是被敵人給拆了的……」

王小軍站出人群，指著自己的鼻子道：「我。」

「誰？」唐德又是暴喝一聲。

「你是誰？」

王小軍道：「我是王小軍——您老說話輕點，我耳朵不聾。」

唐德怒眼圓睜，他下意識地往對面的人群裡看了一眼，見唐思思果然也在，這才怒道：「你來我唐門幹什麼？」

王小軍慢條斯理道：「我們這次隨思思回來，是想把她母親接出唐門。」

唐德又打個哈哈道：「你來我唐門，拆了我的門，還想帶走我的人？」

王小軍想了想，點頭道：「嗯。」

周佳小心翼翼道：「老祖宗，這事說來話長，這幾個孩子昨天著實幫了不少忙……」

唐德壓根不看她，更再不搭理王小軍等人，他平靜了一下情緒，一側身露出了身後的一人來，然後像換了一個人似的，用無比鄭重的口氣道：「這位是少林派的綿月禪師，你們快來拜見前輩！」

唐德這一行三人，唐德自打進門就一直在發飆，唐傲跟在最末，神情漠然，而夾在中間那人則一直在微笑，這人四十歲出頭的年紀，原本的光頭有些時日沒剃，已長出一叢短髮，雖然打著綁腿腳蹬布鞋，也沒穿僧衣，而是隨便穿了件過時的衣服，三分邋遢七分不羈，往臉上看，此人面如冠玉、頷下微鬚，若不是唐德說破他的身分是個和尚，竟像一個十分帥氣的大叔。

唐德從進門無論發火、罵人，始終都微微側著身子，顯見得他對這位綿月禪師十分敬重，其實若非事關暗器譜，唐德也絕不會在此人面前失態，這時事情告一段落，老頭就趕緊把他隆重介紹給眾人，崇敬自豪之意也溢於言表。

王小軍見了這位帥氣的和尚大叔，不禁好奇地多打量了他幾眼，也不知

是自己多心還是果真如此，他覺得那綿月禪師也笑吟吟意味深長地掃了自己一眼，隨即又把頭轉向了別處。

王小軍忍不住小聲問：「這個綿月是什麼人？」

陳覓覓在他後面道：「你行走江湖連綿月都不知道？他是少林派掌門妙雲禪師的師弟，武林裡拔尖的人物！」

王小軍好奇道：「我聽說妙雲禪師也七老八十了，想不到他師弟如此年輕，這麼說起來，他倒是和你的處境很像。」

陳覓覓道：「別瞎說。」

這時唐門弟子集體向綿月行禮，綿月和和氣氣道：「大家不必太客氣了。」

王小軍心想：自己無論如何是人家晚輩不假，也假模假樣地抱了抱拳，綿月又笑咪咪地看了他一眼，對唐德道：

「唐兄，唐門遭人偷襲，你是為了我奔波在外才導致如此狼狽，這事我既然遇上了就不能不管，咱們屋裡細說吧。」

唐德急忙道：「不敢勞煩大師，為了這等小事讓大師囫圇覺也沒睡一個，這些小的真是該死。」

綿月也不多說，示意唐德在前面帶路，這和尚雖然一派溫和，但舉止投足之間氣韻儼然，讓人不自覺的有種想要追隨的念頭。

唐傲經過王小軍身邊時目不斜視，像是沒看到他一樣，唐思思訥訥道：「二哥……」

唐傲這才像事不關己地喃喃自語道：「你們不該回來啊。」

唐德把眾人帶到會客廳，他奉綿月坐了上座，自己坐在下垂首陪同，其餘人大氣也不敢出，全都貼牆站在兩邊。唐德所到之處，眾人無不屏息凝視，只有王小軍吊兒郎當，唐德早就看他不爽，這時一拍桌子道：「你叫王小軍是吧，你先給我說說你打爛我大門的事！」

綿月一擺手，樂呵呵道：「唐兄別急，這幾位小友我都是第一次見，能否給我引薦一下？」

唐德哼了一聲道：「這幾個人都是我孫女唐思思的狐朋狗友，哪配稱得上大師的小友，至於他們誰是誰，我也懶得知道。」

王小軍主動開口道：「那我們就自我介紹吧，我是鐵掌幫的王小軍，也是唐思思的好朋友，唐老爺子想把唐思思嫁給暴發戶，思思不同意，就跑我那兒躲了起來。我跟他的恩怨就是這麼簡單。思思拗了她爺爺的面子，她母親跟著成了受氣包，我們這次來就是想把阿姨帶離唐門，讓她過幾天舒心日子，大師，我的話說明白了嗎？」

唐德面有窘迫之色，又一拍桌子道：「大師別聽這小子胡說，思思本來是同意這門親事的，是這小子挑撥是非，在婚禮上當著諸多武林同門的面，他帶人把新娘劫走，這種荒唐胡鬧的賴皮，誰不知道他打的什麼主意？」

唐思思本來唯唯諾諾地站在後面，這時聽唐德這麼說王小軍，再也忍不住道：「那門親事我壓根就沒同意過！」

唐德萬沒想到唐思思敢當面頂撞他，詫異片刻之後怒道：「看看你跟著這小子學的！」

王小軍道：「您可別亂點鴛鴦譜，我女朋友還在這兒呢！」

唐德氣得髮根亂顫，唐門弟子更是個個驚詫莫名，平時要是有人敢跟老祖宗這麼說話，他們不用等吩咐，就會把各種暗器全招呼上去，不過這會也只有繼續驚詫莫名的份兒了。

綿月笑道：「唐兄息怒，這是你家務事，我就不便多打聽了——這位姑娘又是誰啊？」

他問的是陳覓覓，這當口他還有閒心一個一個認識新人，這和尚的性子簡直可以用奇葩來形容了。

陳覓覓道：「我是武當派陳覓覓。」

綿月吃驚道：「你師父難道就是龍游道人他老人家？」

陳覓覓道：「正是。」

綿月急忙站起道：「哎呀，龍游前輩清風霽月，我平生最遺憾的就是沒能親眼看他老人家一眼，算起來你我乃是同輩，陳姑娘快請坐吧。」

他這一站起來，唐德也只能跟著站起，見綿月如此鄭重，唐德口歪鼻斜道：「大師……不必如此。」

綿月正色道：「少林武當向來齊名，這輩分萬萬不能錯了，陳姑娘不坐我就不能坐，唐兄你坐著就好了。」

唐德無奈地對陳覓覓道：「大師讓你坐，你就坐吧。」

陳覓覓道：「我的朋友不坐，我也不能坐。」

綿月大大咧咧道：「那就都坐，都坐。」

王小軍自然老實不客氣地片腿就坐，順勢拉了胡泰來一把，陳覓覓則也把唐思思按坐下來，於是，在偌大的會客廳裡，除了唐門的家主唐德和綿月有座位之外，還有四個年輕人一字排開坐在他們對面，其他人則齊刷刷地站著，場面忽然就有點尷尬了。

自從綿月出現以來，王小軍發現了一個有趣的事，那就是雖然綿月始終沒有替自己等人說過一句話，可他似乎立場是站在他們這邊的，他跟著陳覓覓混了個座位，不禁洋洋得意。

與此同時，他發現綿月衝陳覓覓遞來一個玩味的笑意。王小軍以目光詢問，陳覓覓用極低的聲音道：「綿月大師雖然沒見過我師父，不過前幾年我和我師兄卻和他見過面。」

王小軍恍然道：「原來你們認識。」

在綿月的堅持下，王小軍又介紹胡泰來道：「這位是黑虎門新上任的掌門胡泰來。」

綿月道：「那就是祁老先生的高徒了，幸會幸會。」他身分如此之高，可對這幫年輕人透著真心接納之意。

唐德越來越不耐煩，這時咳嗽一聲道：「現在能說說你為什麼要拆我家大門的事了吧？」

王小軍道：「我們遠道而來，怎麼說也算是客吧？可不知道是哪位的主意，把我們擋在唐家堡門外不說，還勒令附近十里八鄉對我們堅壁清野，我們是要吃沒吃要喝沒喝，就差餓死在門口了，我們餓死丟的是誰的臉？還不是丟唐門的臉？」

唐缺道：「誰承認你是客了？哪有客人一言不合就動手拆門的？」

唐德沉聲道：「住嘴，他們來唐門怎麼沒人跟我說起？不讓他們進門又是誰的主意？」

唐缺訥訥道：「是我父親讓我這麼做的，他說這種小事情就不用讓您分神了，思思已經和唐門恩斷義絕，拒之門外就好了，我父親的初衷也是不想再生事端。」

唐思思茫然地看著唐缺，她沒想到她和唐門的關係已經被人用「恩斷義絕」四個字來形容。

王小軍也是剛知道自己等人來唐門的事，唐德壓根就不知道，究其原因是自己等級不夠，轉念再一想，也就明白了很多事情——要是唐思思一個人回來，唐門恐怕早就把她抓進去想打就打，想罵就罵了，不過因為中間有鐵掌幫和武當派，唐門不想把事情鬧大，所以才拿出壯士扼腕的勁頭和唐思思劃清界限，唐聽風辦事，果然帶著股殘酷的成熟。

綿月道：「這些都是內部矛盾，是小事情，我更想知道夜襲唐家堡四個

人的情況。」

唐缺一招手，有弟子把那張磁鐵網搬了進來，那網上兀自吸著不少暗器，綿月一見之下樂道：「這玩意有意思，看來對方也是動了腦筋。」

在場的唐門弟子都面露尷尬之色，唐缺道：「其中兩人輕功很好，他們拉著這張網打掩護，還有一個高手掌法了得，就那麼橫衝直撞地闖了進來。」

唐德道：「還有一個呢？」

唐缺臉色煞白道：「還有一個易容成大太保的樣子……說……說暗器譜丟了。」

唐德立刻道：「所以你就帶他去了暗室？」

唐缺戰戰兢兢地不敢說話了。

請續看《這一代的武林》柒 武林醜聞

這一代的武林 陸 今世高手

作者：張小花
發行人：陳曉林
出版所：風雲時代出版股份有限公司
地址：10576台北市民生東路五段178號7樓之3
電話：(02) 2756-0949
傳真：(02) 2765-3799
執行主編：朱墨菲
美術設計：吳宗潔
行銷企劃：林安莉
業務總監：張瑋鳳

初版日期：2019年3月
版權授權：閱文集團
ISBN：978-986-352-669-8

風雲書網：http://www.eastbooks.com.tw
官方部落格：http://eastbooks.pixnet.net/blog
Facebook：http://www.facebook.com/h7560949
E-mail：h7560949@ms15.hinet.net
劃撥帳號：12043291
戶名：風雲時代出版股份有限公司

風雲發行所：33373桃園市龜山區公西村2鄰復興街304巷96號
電話：(03) 318-1378
傳真：(03) 318-1378
法律顧問：永然法律事務所 李永然律師
　　　　　北辰著作權事務所 蕭雄淋律師

行政院新聞局局版台業字第3595號 營利事業統一編號22759935
©2019 by Storm & Stress Publishing Co.Printed in Taiwan
◎ 如有缺頁或裝訂錯誤，請退回本社更換

定價：280元　　特惠價：199 元

版權所有　翻印必究

國家圖書館出版品預行編目資料

這一代的武林 / 張小花著. -- 初版. -- 臺北市：風雲時代,2019.03-　冊；　公分

ISBN 978-986-352-669-8（第6冊；平裝）

857.7　　107018081

風雲時代

風雲時代 風雲時代 風雲時代 風雲時代 風雲時代 風雲時代 風雲時代
雲時代 風雲時代 風雲時代 風雲時代 風雲時代 風雲時代 風雲時代 風雲
風雲時代 風雲時代 風雲時代 風雲時代 風雲時代 風雲時代 風雲時代
雲時代 風雲時代 風雲時代 風雲時代 風雲時代 風雲時代 風雲時代 風雲
風雲時代 風雲時代 風雲時代 風雲時代 風雲時代 風雲時代 風雲時代
雲時代 風雲時代 風雲時代 風雲時代 風雲時代 風雲時代 風雲時代 風雲
風雲時代 風雲時代 風雲時代 風雲時代 風雲時代 風雲時代 風雲時代
雲時代 風雲時代 風雲時代 風雲時代 風雲時代 風雲時代 風雲時代 風雲
風雲時代 風雲時代 風雲時代 風雲時代 風雲時代 風雲時代 風雲時代
雲時代 風雲時代 風雲時代 風雲時代 風雲時代 風雲時代 風雲時代 風雲
風雲時代 風雲時代 風雲時代 風雲時代 風雲時代 風雲時代 風雲時代
雲時代 風雲時代 風雲時代 風雲時代 風雲時代 風雲時代 風雲時代 風雲
風雲時代 風雲時代 風雲時代 風雲時代 風雲時代 風雲時代 風雲時代
雲時代 風雲時代 風雲時代 風雲時代 風雲時代 風雲時代 風雲時代 風雲
風雲時代 風雲時代 風雲時代 風雲時代 風雲時代 風雲時代 風雲時代
雲時代 風雲時代 風雲時代 風雲時代 風雲時代 風雲時代 風雲時代 風雲
風雲時代 風雲時代 風雲時代 風雲時代 風雲時代 風雲時代 風雲時代
雲時代 風雲時代 風雲時代 風雲時代 風雲時代 風雲時代 風雲時代 風雲
風雲時代 風雲時代 風雲時代 風雲時代 風雲時代 風雲時代 風雲時代
雲時代 風雲時代 風雲時代 風雲時代 風雲時代 風雲時代 風雲時代 風雲
風雲時代 風雲時代 風雲時代 風雲時代 風雲時代 風雲時代 風雲時代
雲時代 風雲時代 風雲時代 風雲時代 風雲時代 風雲時代 風雲時代 風雲
風雲時代 風雲時代 風雲時代 風雲時代 風雲時代 風雲時代 風雲時代
雲時代 風雲時代 風雲時代 風雲時代 風雲時代 風雲時代 風雲時代 風雲
風雲時代 風雲時代 風雲時代 風雲時代 風雲時代 風雲時代 風雲時代
雲時代 風雲時代 風雲時代 風雲時代 風雲時代 風雲時代 風雲時代 風雲
風雲時代 風雲時代 風雲時代 風雲時代 風雲時代 風雲時代 風雲時代
雲時代 風雲時代 風雲時代 風雲時代 風雲時代 風雲時代 風雲時代 風雲
風雲時代 風雲時代 風雲時代 風雲時代 風雲時代 風雲時代 風雲時代
雲時代 風雲時代 風雲時代 風雲時代 風雲時代 風雲時代 風雲時代 風雲
風雲時代 風雲時代 風雲時代 風雲時代 風雲時代 風雲時代 風雲時代
雲時代 風雲時代 風雲時代 風雲時代 風雲時代 風雲時代 風雲時代 風雲
風雲時代 風雲時代 風雲時代 風雲時代 風雲時代 風雲時代 風雲時代
雲時代 風雲時代 風雲時代 風雲時代 風雲時代 風雲時代 風雲時代 風雲
風雲時代 風雲時代 風雲時代 風雲時代 風雲時代 風雲時代 風雲時代
雲時代 風雲時代 風雲時代 風雲時代 風雲時代 風雲時代 風雲時代 風雲
風雲時代 風雲時代 風雲時代 風雲時代 風雲時代 風雲時代 風雲時代
雲時代 風雲時代 風雲時代 風雲時代 風雲時代 風雲時代 風雲時代 風雲
風雲時代 風雲時代 風雲時代 風雲時代 風雲時代 風雲時代 風雲時代
雲時代 風雲時代 風雲時代 風雲時代 風雲時代 風雲時代 風雲時代 風雲
風雲時代 風雲時代 風雲時代 風雲時代 風雲時代 風雲時代 風雲時代
雲時代 風雲時代 風雲時代 風雲時代 風雲時代 風雲時代 風雲時代 風雲
風雲時代 風雲時代 風雲時代 風雲時代 風雲時代 風雲時代 風雲時代